U0941886

日知文丛

斜晖脉脉水悠悠

王振忠 著

浙江古籍出版社

图书在版编目（CIP）数据

斜晖脉脉水悠悠 / 王振忠著 . -- 杭州 : 浙江古籍出版社 , 2020.11

ISBN 978-7-5540-1779-1

Ⅰ . ①斜… Ⅱ . ①王… Ⅲ . ①随笔—作品集—中国—当代 Ⅳ . ① I267.1

中国版本图书馆 CIP 数据核字（2020）第 147184 号

斜晖脉脉水悠悠

王振忠　著

出版发行　浙江古籍出版社
（杭州体育场路 347 号　电话：0571-85068292）
网　　址　www.zjguji.com
责任编辑　刘　蔚
文字编辑　王振中
封面设计　吴思璐
责任校对　吴颖胤
责任印务　楼浩凯
照　　排　杭州立飞图文制作有限公司
印　　刷　浙江海虹彩色印务有限公司
开　　本　889mm × 1194mm　1/32
印　　张　6.625
字　　数　145 千字
版　　次　2020 年 11 月第 1 版
印　　次　2020 年 11 月第 1 次印刷
书　　号　ISBN 978-7-5540-1779-1
定　　价　45.00 元

目 录

斜阳残照徽州梦

深秋时节，汽车颠簸在皖南的低山丘陵间。窗外，清晨的雾色恍若淡薄的轻纱，透着寂静的朦胧……

这是通往黟县西递村的道路，山间小道蜿蜒曲折、坎坷不平。真的难以想象，在交通条件不便的古代，徽州人外出究竟曾经历了怎么样的艰难！

徽州，亦称新安，地处万山之间。在古代，徽州人外出，通常只能沿着山间的羊肠小道，动辄走上十几里、几十里路。故而，走惯了山间鸟道的徽州人，在平地上也往往安步当车。清儒顾炎武在《肇域志》中曾谈到，一些徽州人“短褐至骭，芒鞋跣足，以一伞自携”，徒步跋涉数千里晋京赶考，“而吝舆马之费”，旁人一打听，原来家中都是拥赀千万的巨富。这在其他地区的人看来，简直不可思议；但对徽州人而言，却实在是一种习惯成自然。

同车的一位黟县农妇告诉我，她家每人仅有地六分五，而怀中的那位三岁男童则因“生也晚”而已无地可分。在历史上，徽州素有“七山一水一分田，一分道路加田园”的说法。由于地狭人稠，本地每年生产出来的粮食仅能维持三个月左右的口粮。因此，徽州人颇像希罗多德笔下的希腊民族，“一生下来就是由贫穷哺育的”。为了弥补生存条件的缺陷，他们不得不向外拓展，所谓“前世不修，生在徽州，十二三岁，往外一丢”——就这样，大批的徽州人怀揣几两碎银，挟着《士商要览》、《天下路程图引》，呼朋引类地外出经商，以至于“无徽不成镇”的俗谚在长江沿线尽人皆知。

在生意场上，徽州人生性俭朴，吃苦耐劳，又善于经营，所以“徽州算盘”的名气蜚声远近。各地的盐业、典当、木材、粮食、茶叶和海外贸易等许多行业，都被徽州人所垄断。其中，盐、当、木商人号称“闭关时代三大商”，获利最巨。

由于无远弗届，见多识广，徽州人的性格特征也给世人留下了深刻的印象——“徽俗多行贾，矜富壮，子弟裘马庐食，辐辏四方之美好以为奇快”。（汤宾尹 :《睡庵集》卷二三）富裕的徽商以雄厚的经济实力为基础，将当时全国各地最为精致的东西都带回到了徽州本土。反映在皖南的传统村落中，就表现为无论是整体环境还是单体民居，在质量和艺术水准上均属上乘。

记得从前在旧书摊上曾看过一本书，书名一时记不清了，只记得那时乾隆帝刚刚龙驭宾天，才亲政的嘉庆皇帝就查抄了权臣和珅的家产。在抄家清单上，赫然列有“徽式新屋一所七进，共六百二十间”。当时并不清楚“徽式新屋”究竟指的是什么，只知道那该是一种相当时髦的居住形式。后来见到清人钱泳的一个说法：

造屋之工，当以扬州为第一，如作文之有变换，无雷同，虽数间小筑，必使门窗轩豁，曲折得宜，此苏、杭之工匠断断不能也。（《履园丛话》卷十二）

在清代，扬州是大批徽州盐商麇居之地，民居建筑“结构曲如才子笔”，主要就反映了徽派的风格。这种风格不仅在总体创意上，而且在建筑的细部处理中也颇具特色。以后者言之，最为突出的表现为徽派建筑中的精雕细刻。钱泳曾指出：“雕工随处有之，宁国、徽州、苏州最盛，亦最巧。”在“刀头具眼，指节灵通”的徽州匠师手下，不论是清新淡雅的砖雕，华美姿丰的木雕，还是浑厚潇洒的石雕，无不巧夺天工。从这些著名的“徽州三雕”中，人们不难看出“徽派版画”和“新安画派”的艺术根基，更不难想象徽商是如何凭藉着巨大的财力，用最为精美的方式向世人展示徽州文化的独特内涵。

在明清徽州的一府六县中，黟县是个山陬水滨的荒僻小县，经商风气迟至清初方才蔚然成风，但却出过江南六大豪富之一的胡贯三。据说，胡贯三是西递胡氏二十世祖，他曾在长江中下游一带的各大商埠中经营着几十家典当铺和钱庄，资产折合白银数百万两，聚族而居的西递村正是因为胡贯三的原因而臻于极盛。西递的宅院最多时曾达六百幢，有两条大街，九十九条小巷，烟火人丁相当繁盛。迄至今日，虽然历经了一百余年的世事沧桑，仍然保留有明清民居三百余幢，其中，保存完好的多达一百二十四幢。洁白的粉墙，黝黑的屋瓦，飞挑的檐角，鳞次栉比的兽脊斗栱，以及高低错落、层层昂起的马头墙，绵亘着一幅宗族生息繁衍的历史长卷。穿行其间，思绪随着青石板巷步移景异，身心徜徉于时光倒流的幻象中，遥远的历史记忆渐渐复苏……

在西递村中，几乎家家户户都有一种独特的边门，沿着门框雕刻着“商”字形图案，任何一个穿堂入室的人，都要从“商”之下走过。在徽州人看来，“商居四民之末，徽俗殊不然”，（许承尧：《歙事闲谭》）“商”字形图案或许正是这种观念的一个具象。这让我记起了此前看过的一部徽商家谱。在那部家谱所附的墓图上方，写着好几个“×××朝奉”的字样，令人相当吃惊。因为小时看“三言二拍”，“徽州朝奉脸”和“徽州朝奉口气”，总是明清小说中塑造反面人物性格的典型形象。绍兴师爷范寅在所著《越谚》中，也将“朝奉”二字列为浙东一带的“贱称”。其实，在徽州，就像高悬于芸芸众生头顶之上的这个“商”字形图案一样，“朝奉”却是一种受人敬重的尊称。徽州人口中的“朝奉”和“孺人”，相当于时下惯用的“先生”和“太太”。至于“朝奉”的由来，有着许多不同的说法。清代前期赵吉士在《寄园寄所寄》中曾记载说，明太祖初定徽州，徽民夹道相迎，朱元璋垂询他们的身份，徽民皆自称“朝奉”。于是，洪武帝就顺水推舟道：“多劳汝朝奉的！”金口玉言，徽人便认为得了皇帝的集体加封。出身于黟县的清代考据学家俞正燮，查证出“朝奉”和“员外”是相同的涵义。因此，“朝奉”这个称呼在徽州的普及，就和“员外”在其他地区的普及是同样的。宋代称富人为“员外”，因为富人能够得到赐爵，但是在正员之外；而“朝奉”也正是与员外相似的“赐爵阶也”。（《癸巳存稿》卷四）稍后于俞正燮的著名学者梁章钜在所著《称谓录》中也有“朝奉”一条，他先是引用翟灏《通俗编》中的考证说，秦始皇曾许乌氏倮为“朝请”，而徽州人中十之六七是商人，所以自称“朝奉”，以表达对乌氏倮这位商界前辈的追慕。梁氏还指出，“朝奉”一词渊源有自，除了秦代有“朝请”外，汉代还有“奉朝请”，意思是“逢朝会请”，即每逢上朝便应召议事，并不实指某个官位。当时的三公外戚、皇室诸侯，多为“奉朝请”。到了宋代，才有了明确规定，“朝奉大夫”是从六品的官员，而“朝奉郎”则系正七品。梁氏最后总结说——朝奉，“在宋为官，今为掌质库之称”。梁章钜所说的“掌质库”，也就是指从事典当业的商人。这是因为：自明代中叶以来，由于白银在社会生活中的使用日益普遍，城乡居民对货币的依赖逐渐加深，各地都出现了常设的当铺，而经营当铺的主人几乎都是徽州人，因此，原先在徽俗中用以称呼富翁的“朝奉”二字，后来竟成了典当业主人的代名词。直到本世纪三十年代，在鸳鸯蝴蝶派笔下“益大当”的马老先生，仍然是位循资累进的“头柜朝奉”。（赵苕狂：《典当》）

在明清时期，“徽州朝奉锡夜壶”一说，曾在江浙一带广为流传，徽商的形象是相当不佳的。《云间杂识》曾记载了这样一桩趣事：

> 成化末，有显宦满载归，一老人踵门拜不已。宦骇问故，对曰：“松（江）民之财，多被徽商搬去，今赖君返之，敢不称谢！”宦惭不能答。

在传统社会，“富人总是为穷人所怨恨，（而）外来的富人则更是遭到加倍的怨恨”。（查姆·伯曼特：《犹太人》）无论是在西方的犹太人，还是中国的徽州贾客，他们的境遇都再好不过地说明了这一点。

其实，徽州人或许并不比历史上出现过的商人更加刻薄或吝啬。从总体上看，他们“虽为贾者，咸近士风”，(《戴震文集》卷十二）是一个素质较高的地缘性商人群体。根据余英时先生的研究，当时，儒家的道德规范已深深地影响着徽商的实际行动——文化水准较高的徽商直接从宋明理学中汲取道德的启示，而一般粗通文墨的商人则依赖通俗化的儒家伦理。(《中国近世宗教伦理与商人精神》，见《士与中国文化》，上海人民出版社一九八七年十二月版）在不少人的心目中，童叟无欺是“天理”，短斤缺两是“人欲”，因此“存天理，灭人欲”——买卖上的绝对公平是天经地义的一件事，能做到这一点，在相当程度上亦即所谓的“良贾”，也就称得上是“服贾而仁义存焉”，更可以理直气壮地发出“良贾何负于闳儒”的呐喊。这恰好印证了王阳明所孜孜提倡的“四民异业而同道”、“虽终日作买卖，不害其为圣贤”的主张。这样，在“道”的面前，士农工商也就处于完全平等的地位，并没有高下之分——不知这是否就是“商”字形图案所折射出的文化底蕴?

与这种图案相映成趣的，则是一幅相当惹人注目的对联——“读书好，营商好，学好便好；创业难，守成难，知难不难。”这很让人联想起《儒林外史》中的一段描述。《儒林外史》第二十二回讲两个徽州文人牛玉圃和牛浦到扬州河下（徽商聚居区）盐商万雪斋家中：

当下走进一个虎座门楼，过了磨砖的天井，到了厅上，举头一看，中间悬着一个大匾，金字是“慎思堂”

> 三字，……两边金笺对联写“读书好，耕田好，学好便好；创业难，守成难，知难不难”。中间挂一轴倪云林的画，书案上摆着一大块不曾琢过的璞，十二张花梨椅子，左边放着六尺高的一座穿衣镜。从镜子后边走进去，两扇门开了，鹅卵石砌成的地，循着塘沿走，一路的朱红栏杆，走了进去，三间花厅，隔子中间悬着斑竹帘。……揭开帘子让了进去，举目一看，里面摆的都是水磨楠木桌椅，中间悬着一个白纸墨字小匾，是“课花摘句”四个字。

《儒林外史》中这家徽商的室内布局，令人顿生似曾相识之感。而西递的这幅对联，则更为直观地揭示出徽州独特的乡土习俗。明代著名学者、徽州人汪道昆就曾指出：

> 夫贾为厚利，儒为名高。夫人毕事儒不效，则弛儒而张贾；既侧身飨其利矣，及为子孙计，宁弛贾而张儒。一弛一张，迭相为用。(《太函集》卷五二)

做生意是为了牟取巨额利润，读书则是为了追求功名。读书博不到功名，就应当“下海”。赚得一笔钱后，为了子孙后代考虑，就应当让他们读书。以商养文，以文传家，形成儒、贾之间的良性循环。这里的“毕事儒不效，则弛儒而张贾”，可能还包含着另外一层涵义，那就是在一个家庭中，如果几位兄弟都从事举业，那大家只好喝西北风，所以还必须有所分工。这种家庭成员的分工，在徽州地区可能相当普遍。对此，何炳棣先生通过研究，将之归纳为“the policy of family division of labor”,(《扬州盐商：十八世纪中国商业资本主义研究》，载《哈佛亚洲研究学报》卷十七,一九五四年）而西递的“桃李园”就是这种分工的一种体现。桃李园建于清咸丰年间，宅院由一贾一儒两兄弟构思、营造而成，分为前、中、后三进，背向序列三间，前进是两兄弟共用的空间，二进为做生意的住居，三进则系儒者所居。跨进居室，那屋梁上的斗拱、雀替、驼峰，楼层的栏板、柱拱、莲花门，天井四周上方的檐条，石墙旁的屏门隔扇，以及窗扇下方的花台、栏杆等处，目之所见，处处都是雕镂精细的木、砖、石三雕。二厢房用屏门组成，尤其耐人寻味的是漏窗上的图案，称为“冰梅图”——相当多的半爿梅花落在一方方冰裂纹上,除了令人叹为观止外,它还寓意着“梅花香自苦寒来”，严冬将尽，读书人“十年寒窗”，终于金榜题名，一鸣惊人。这种“冰梅图”，在徽商住宅中所见极多，处处烘托出“贾而好儒”的气氛。

在徽州，“十户之村，无废诵读”，是个一点也不夸张的说法。在明清两代，徽州人在科举上的建树令世人刮目相看。据不完全统计，从一六四七年到一八二六年，徽州府产生了五百一十九名进士（包括在本地中式和寄籍他乡及第的），在全国科甲排行榜上名列前五至六名。在此同时的一百八十年间，江苏省产生了一甲进士九十四名，其中有十四名出自徽州府；浙江一甲进士五十九名，有五名是徽州人。（何炳棣：《明清社会史论》第六章，美国哥伦比亚大学出版社一九八〇年版）在徽州当地，“连科三殿撰，十里四翰林”、“一门九进士，六部四尚书”之类的科举故事，多得不胜枚举。在现存的明清民居中，有不少就是科第阀阅的旧家宅院。

“大夫第”是清初的官宦故居。在临村街墙上，悬空挑出一座小巧玲珑的亭阁式建筑。这座悬阁危楼，上书“山市”楼额，原本是供主人怡情养性、凭栏观景用的。据当地村民告知，每当春天，遍野的映山红煞是好看，于此远眺，真有“山花若市”之感。可惜的是，就在数月前，不知是谁心血来潮，将之改建成“抛彩球，选佳婿”的“古绣楼”——春情荡漾的古装少女娇滴滴地倚栏媚笑，而自以为领略了“民俗风情”的众多游人则攒集楼下，在鸳鸯彩球的争夺中，回归于抛彩选婿的“古代”……据说，这是为了开展“民俗旅游”。古为今用，原本亦无可厚非，只是先前古朴典雅的亭阁，竟被髹漆成猩红色，在粉墙黛瓦的西递古巷道间，多少显得有点不协调，仿佛小镇美人的招摇，颇令人联想起方鸿渐所痛恨的那种“落伍的时髦”。

在历史上，徽州各地有的是望夫楼，有的是女祠，但却绝不会有临街的绣楼。在明清时期，徽州是个高移民输出的地区，根据徽州俗例，男子到十六岁就要出门做生意。因此，年满十二三岁就得完婚，然后外出经商。从此，萍飘蓬转，有时，需要几年、十几年甚至几十年才能返乡省亲。绩溪人胡适先生曾回忆说，徽州当地有“一世夫妻三年半”的俗谚，说的就是这种情形。据说，曾经有一对夫妇结婚才三个月，丈夫就出远门做生意，妇人以刺绣为生，每岁积羡余易一珠以记岁月，称为“记岁珠”。后来丈夫还乡，妇人已经死了三年。启视其箧，积珠已二十余颗。(俞樾:《右台仙馆笔记》)年届青春的少妇,丈夫长年外出,“茫茫长夜何由彻?”寂寞的徽州妇女,每当夜幕降临,面对着空荡荡的深宅大院,有的将一把铜钱抛在地上,然后再一个个捡起来;再把它们撒开,再一个个拾起。如此往复,直到累得精疲力竭,直到东方泛出鱼肚白,直到青春少妇熬白了乌黑的秀发……迄至今日,在昔称“程朱阙里”的徽州大地上,依然矗立着许多错落有致的大小贞节牌坊,历经数百年的凄风苦雨,似乎仍在无声地诉说着很久以前思妇的寂寞与辛酸。其实,徽州的妇女何尝都是用牺牲热情眷恋名教,以贞节来装饰男人的体面!?钱钟书先生曾引用清人施闰章《愚山诗集》卷二《枣枣曲》自序,“谓海阳有‘香枣’,盖取二枣刓剥叠成,中屑茴香,以蜜渍之,询其始,则商人妇所为寄其夫者,‘义取早早回乡’云。……海阳妇以枣与茴香谐音,望夫早归。”(《管锥编》第五册,页15)“海阳”也就是现在的安徽休宁。“留守女士”用自己独特的方式,寄托着绵绵的情意和不尽的相思。

数年前的一个清明时分,我曾奔波在由歙县县城到深渡的公路上——这条道路在历史上曾是徽州人外出经商的一条主要通道,在《天下路程图引》中被列为“徽州府由严州至杭州水路程”。当年,不知有多少“芒鞋跣足”的徽州人从这里走向前途莫测的商场。数百年后的我,虽然已无从体验他们彼时的心境,但在那个落雨纷纷的季节里,眼见着低山丘陵间参差隆起的坟冢,看着公路两旁小树上五颜六色的“挂钱”(徽州扫墓时的一种习俗),以及偶尔掠过窗外的一二只乌鸦,我也分明体味到作为异乡人的那份落寞和孤单!据说,徽州人所做的买卖相当之多（当时有“无徽不商”的说法），但有两样东西是最为忌讳的——一是茴香，二是萝卜干。因为“茴香”的谐音是“回乡”，“萝卜”则意味着“落泊”。所以直到今天，徽州地区仍然流传着这样一句谚语——“徽州商人心里慌，怕卖茴香萝卜干”。当然，或许是有太多太多的新安商贾在异乡卖起了萝卜干，所以除了牌坊外，徽州人还设计出独特的女祠，将守节的妇女牌位供奉其中。也就在那个清明时分，我曾到过歙县棠樾的清懿堂（亦即女祠）。当时还没有经过大规模的整修，但见三进五开间的女祠坐南朝北，硬山式的外观裸露着一整面灰白色的山墙，在阴郁的天空下，那是一种令人窒息的严严实实，见不到一扇小窗。走进祠堂，迎面扑来的是丝丝缕缕的蜘蛛网。祠堂虽然空旷而残破，但内心的震撼却异常强烈——在对女人贞节的表彰中，我读到了男人的一种恐惧！时至今日，或许是为了招徕旅游者，不少人都忙着修复维纳斯的断臂，甚者为之披上现代派的广告衫。于是乎，原本很有沧桑感的历史建筑上，却嵌入了几根崭新的木料，添置了不相干的诸多摆设。说真的，故地重游，我再也找不到当年的那种感觉！——因为那毕竟总让人联想起并不高明的古董赝品。

说到古董赝品，在西递的巷陌民居门前，处处是古董摊子。其中，最令我感兴趣的是些徽州的契约、文书。五六十年代，在皖南山区发现了大批的契约、文书，其数量空前。现存于国内各研究机构的十多万件（册）徽州文书，成了研究宋至民国（尤其是明清）时期中国社会的珍贵历史文物。特别是自八十年代初以来，对徽州文化的研究，迅速成为中外学者关注的热点，

"徽州学"（或称"徽学"）可望成为中国社会经济史研究中的一门显学，契约文书更是受到学者们的青睐。国外有的汉学研究者甚至断言，这些徽州原始资料，是"研究中华帝国后期社会和经济的关键"。故此，原本一钱不值的契约、文书洛阳纸贵，行情看涨。与此同时，随着东南沿海城市居民生活水准的提高，古董鉴赏之风悄然蔓延，精明的古董商人也就无孔不入，即便是西递这样的僻野乡村，也不止一次地被他们光顾过。于是乎，粉墙黛瓦下站立的古董摊主（西递村民），在他们纯朴的眼神底色上，分明增添了一丝精明和狡黠。粗略一翻，摊上的契约、文书数量着实不少。最早的似乎是道光年间，最晚的则到民国。通常是将一张标着道光年号的租佃文书与民国年间铅印的契约粘在一起，中间加盖一枚看上去不算太旧的大印，其真赝也只有天知道了！

或许是历史的一种循环吧，数百年前，当徽州人因经商而囊丰箧盈之余，他们也竭力追求自身在文化上的价值。拥赀巨万的徽州人凭藉着巨额资产，大量收购金石、古玩和字画。最初，那只是对士大夫生活方式的一种盲目模仿。他们认为："雅俗之分，在于古玩之有无。"（吴其贞：《书画论》）因此，不惜重价，动辄成百上千件地收购。这种举动，曾受到文人士大夫的嘲笑。例如，在万历前后，江南一带的两汉玉章纷纷被徽州富人以高价购去，有人就认为，这是邯郸才人嫁为厮养卒妇，甚至还刻薄地喻之为官印堕于毛厕。（沈德符：《飞凫语略》）显然，在他们的心目中，新安商人不过是些附庸风雅的暴富财佬。有鉴于此，当时的不少文人皆投其所好，挖空心思地骗取商人的钱财。明清两代，在苏州一带出现了大批以制造假古董谋生的无行文人。据钱泳描述，书画、法帖的赝品当时称为“充头货”，作伪的方法很多，例如，买得翻板法帖一部，将每卷头尾两张重刻年月，用新纸染色拓之，加盖收藏名家的图章，以充作宋刻，再用旧锦作装潢，外面套上檀木匣子，就可以堂而皇之地冒充真宋拓了。故此，当我看到上述的契约文书时，就不由得想起了《履园丛话》中的这段描述。

当然，这并不意味着古董摊上全是赝品。在徽州地区，原先每年八九月份都在寺庙前集售各地古物，“时四方货玩者，闻风奔至；行商于外者，搜寻而归”。接触的赝品和真品既多，徽州人的鉴赏水平也日益精进，涌现出不少赏鉴名家，收藏的精品也多“海内名器”。（《书画论》）于是，至迟到十六世纪，在东南的文化市场上，新安商人俨然成了操执牛耳的盟主——“徽人为政，以临邛程卓之赀，高谈宣和博古图谱”。（阮葵生：《茶余客话》卷二十）明代徽州人詹景凤的《詹东图玄览编》中就记载了这样一件事：

万历戊子（一五八八年）夏，王司马弇山公、方司徒采山公，邀其饭于瓦官寺。寺僧拓一石刻昇元阁图来观，图中有七指顶许小字及诸佛相，曰：“此凿池地下所得，吴中诸名公皆以为唐时石刻。”

予曰：“不然。画法比北宋似过之，说唐却又不是；字法非北宋能，比唐却又不及。殆五代人笔也。”

已而，弇山公记臆曰：“昇元是五代李主年号，会阁成，僧来请名，后主遂以昇元名之。”

采山公大喜曰：“昔者但称吴人具眼，今其眼非吾新安人耶！”

弇公默然。

这位“默然”的弇山公，就是明代文坛上著名的“后七子”之一的王世贞。面对着徽州人“采山公”的一番炫耀，身为苏州府太仓人的“弇山公”，除了“默然”外，还有什么可说的呢？当时，由于徽州人席丰履厚，独具慧眼，赏鉴精到，以至于整个社会的审美旨趣都发生了根本性的变化。王世贞就曾经说过，明初绘画崇尚宋人，但自嘉靖后期以来忽重元人手笔，以致从倪元镇到沈周的画幅，陡然间增价十倍；瓷器原先以五代宋朝的哥、汝诸窑为珍，隆庆末年以还，“忽重宣德以至成化，价亦骤增十倍”。他认为，究其原因，“大抵吴人滥觞，而徽人导之。”（《觚不觚录》）所谓“吴人滥觞”，指的是苏州作为传统上的文明渊薮，“苏人以为雅者，则四方随而雅之；俗者，则随而俗之。”（王士性：《广志绎》卷二）而徽商作为后起之秀，居然取前者而代之，从而为自己赢得了一个“近雅”的评价。（谢肇淛：《五杂组》卷四）

对于古董我是外行，不过，摊上的不少线装书想来都是旧家故物。其中，有一部虫蚀斑斑的古书，令我颇感兴趣。书名是《断桥》，内容大概是曲剧之类的本子，旁边用“徽字”（徽州的俗字）注着唱曲的节拍。类似的曲本（如《凤求凰》、《秋声赋》、《陋室铭》之类），在屯溪的明代建筑——程氏三宅中也曾经见到过。在明清时期，花、雅之争一直就存在。雅部即昆腔，士大夫一般都能清唱昆曲，形成为一种时髦的风尚。李渔就曾不无调侃地指出，富贵人家，平日里虽然听惯了嘈杂喧阗的弋阳、四平诸腔，“极嫌昆腔之冷”，但因世人“雅重昆曲，强令歌童习之”，尽管每听一曲，“攒眉许久，坐客亦代为苦难”，（《闲情偶记》卷三）但为了附庸风雅，却还是乐此不疲。乾隆年间，广陵的徽州盐商纷纷征集苏州名优，备蓄家班。一时间，铺张炫异，争奇斗妍，扬州俨然成了昆剧的第二故乡，精谙工尺的新安鹾客亦不乏其人。在昆剧兴盛的同时，花部也迅速在扬州崛起。花部亦即乱弹，原本是不登大雅之堂的草台戏。就是这种文人不齿的花部，经过邗上闻人、徽州盐商江春等人的提倡，而逐渐为绅商阶层所接受。到十九世纪前期，著名学者焦循就曾指出：“彼谓花部不及昆腔者，鄙夫之见也。”（《花部农谭》）乾隆年间，徽剧艺人高朗亭和郝天青等，将徽剧带到扬州演出，博得了徽州同乡们的一阵喝彩。乾隆五十五年（一七九〇年），高朗亭等又晋京献艺，引起随后四喜、春台、和春等徽班相继进京，这就是戏曲史上著名的“四大徽班进京”。嘉庆初年，向习昆腔的扬州，已厌旧喜新，皆以乱弹为新奇可喜。相应地，在北京，嘉庆以还，梨园弟子多皖人，吴儿渐少。到后来，纯粹的昆班已不易在北京立足，南方名角北上，也只能搭徽班插演昆剧。这种变化，实际上从一个侧面反映了明清两代中国社会时尚的一个巨大变迁——它完全改变了雅俗一以苏州人为准的传统，而以徽州人的好恶为风尚之所趋避，这显然标志着徽州文化的鼎盛发展和巨大的辐射能力。由此看来，类似于“声名文物甲于东南”的评价，对于徽州而言，绝不是一种过甚其词的溢美之言！

一百多年过去了，迄至今日，在人们的记忆中，煊赫一时的徽商逐渐褪色成为一个历史名词，一群具有传奇色彩的人物，夸奢斗富、慕悦风雅也衍化而为口耳相传的种种传说……极目望去，残败的宗祠，劫后余生的牌坊，完整的民居建筑群，还寂寞地矗立于黄山白岳之间。我徘徊在鸳瓦粉墙、棹楔鸱吻的徽派巷陌间，忽然，在一幢明代住宅的门洞前，我看到了这样的一番景致：夕阳的一抹余晖，透过“四水归堂”的天井射入厅堂，在昏黄的暮霭中，精致的窗棂和雀替，映衬着斑驳陆离的墙面，犹如梦一般地凄婉迷茫。刹那间，我再一次强烈地感受到徽州文化昔日的辉煌，心中不禁涌起耳熟能详的一句歌词：

花瓣泪飘落风中，虽有悲意也从容。

这种深厚的文化积淀，迄今仍为世人展示了一种落花的矜持与自尊。

一九九四年岁首寒夜

银桂树下的断想

从前看惯了小说，听多了沉塘、鞭扑之类的故事，总想象着厉行族法宗规的祠堂该是相当令人生畏的建筑。不过，当我第一眼看到真正的祠堂时，却完全是一种异样的感觉。

那是歙县大阜村的潘家祠堂。大阜是个相当不起眼的村落，只有在大比例尺的歙县地图上才可以找出。但在一二百年前，由于它地处府、县城到深渡的公路边，在崇山峻岭的徽州算是交通相当便利的位置，所以很早就孕育出簪缨望族与商贾世家二位一体的宗族。迄至今日，大阜村仍然麇聚着世系行辈脉络清晰的潘氏族众，他们会向偶尔到访的好事者，津津乐道地细述着家族先辈中的名人佚事。据说，清代中后期的体仁阁大学士、太傅潘世恩的祖籍就在此地。

在一个春雨霏微的季节里，绕过一段泥泞的徽州巷道，豁然映入眼帘的是祠堂的正门——美轮美奂的五凤楼门厅，雕梁画栋，华美异常，与那些“森严、肃穆”等书上描绘的字眼，似乎都不相干。在我眼里，富丽堂皇的宫阙式门楣，倒像是潘氏先祖慈眉善目的音容笑貌，正温情脉脉地注视着每一位亲情骨肉。或许，这正是宗族社会长期存在的魅力所在？

穿过幽暗的中进大厅，最后一进是建在台基上的寝堂。在古代，宗庙有庙和寝两部分，合称“寝庙”。《诗经·小雅》就有

“奕奕寝庙”的句子，描摹宗庙的高大美盛。对此，东汉经学家郑玄解释说：“凡庙，前曰庙，后曰寝。”后世宗祠中的寝堂，大概也就渊源于此。在传统的宗祠建筑中，寝堂台基的高度至少不下三四尺。之所以如此，是因为殿庭雄伟，非承以较高的基座，不能满足视觉上的凝重感，更无从表达中国人对慎终追远的虔诚。

庙厅与寝堂之间是由阶石组成的两侧踏步连接。站在台基一侧的踏步上，仰视悬挂在瓦檐上的天际线，那种复杂的感受迄今犹存心中——狭长的一方天井，兼具采光、通风和排水诸多功能。四面屋顶上的水枧源源不断地将雨水导入天井，而绝不外淌，这是不肯让财源外流的“四水归堂”——作为徽派建筑的一个特色，显然折射出黄山白岳间这个商贾之乡的世俗价值观。而从家族繁衍的角度视之，“四水归堂”还寓意着人丁兴旺，家族源远流长如川之不息。所以徽州人常说：“家有天井一方，子子孙孙兴旺。”

祠堂是三进五开间的合院建筑。高大厚实的外墙，包裹起一个重门叠院，阻隔了嘈杂喧阗的外部世界，营造出以家族为中心的人文意象。外界的光线透过一方天井，静静地、柔和地宣泄在舒展着枝枝桠桠的银桂树上。

在我想来，祠堂作为家族精神维系的焦点，而天井又是祠堂建筑中天地的象征，中庭所植必然是“一草一木总关情”。记得绩溪县上庄村胡氏祠堂的前院内，就生长着一棵树龄在二百年以上的罗汉松，据说那是当年建造祠堂时胡适的先辈从歙县带土移植的。迄至今日早已是古朴苍劲、枝繁叶茂，村中族众虔诚地称之为“胡氏”，潜意识流露中显然凝聚着族人对血缘香火源流的追溯。由此看来，谁说草木无情？站在银桂树前，分明也让人滋生出一份历史的厚重。不是么？正对着银桂的就是祠堂的中心部分，以前是安放潘氏列祖列宗神主牌位的。遥想当年，每逢春露秋霜开祠致祭，家族成员就沿着脚下的踏步鱼贯而上。在馨香俎豆的氤氲香火里，在先祖与后昆跨时空的心灵交流中，看着天井中馥郁芬芳的银桂，一定会从这树上分枝、枝上分杈的婆娑树影间悟出些什么来……

徽州是中国家族制度最为发达的地区之一，在另一方面，它又是近世商业气氛最为浓烈的地区。而且，这两者之间存在着密切的联系。换言之，宗族亲缘制度的发展与商品经济的发达是同步的。这一点，并不仅仅限于徽州，令人惊奇的是，在中国商品经济比较繁荣的几个地区（另一个典型的例子是珠江三角洲），宗族反倒有了普遍的发展，这与人们通常的印象——商业的繁荣会逐步瓦解中国固有的家族组织的想法大相径庭。以徽州为例，在明清时期，一方面是“徽州风俗，以商贾为第一等生业”；（凌濛初：《二刻拍案惊奇》第三十七卷）但在另一方面，当地又是“家多故旧，自唐宋来数百年世系比比皆是。……村落家构祠宇，岁时俎豆”。（《古今图书集成·职方典》）商业发展与宗族制度，呈现出同生共荣的奇特景观。有的村落还不只有一个宗祠，除了总祠外，还有支祠和家祠。例如张艺谋在拍摄电影《菊豆》时，外景所选择的黟县南屏村，就是保存有众多祠堂的徽州村落。据嘉庆年间编纂的《黟县志》记载：

> 徽州聚族居，最重宗法。……族各有众厅，族繁者又作支厅。

所谓厅，也叫“厅厦”，亦即祠堂。南屏村的祠堂分为“宗祠”、“支祠”和“家祠”。同一姓氏的直系亲属围绕着自己的“家祠”建造住宅，而“家祠”的建筑则环绕在“支祠”周围；“支祠”是同一姓氏、同一支脉繁衍的后代亲属所共建，它们簇拥于“宗祠”的周围；而“宗祠”则为同一姓氏的总祠。通过家祠、支祠、宗祠之间一层层的统属关系，徽州人的血缘组织呈现出宛如银桂般的枝枝桠桠——这就是毛泽东所概括的“由宗祠、支祠以至家长的家族系统”。（见《湖南农民运动考察报告》，载《毛泽东选集》第一卷）

祠堂是一个家族的中心，通过开祠致祭和其他的家族活动，将族众牢固地纽结在同一祖宗的牌位之下，形成了一个个严密的血缘组织。直到今天，徽州同族人还常说，彼此原先是“同一个祠堂的”，实际上也就是指族众间的血缘关系。而维系这层血缘关系的主要纽带，则是卷帙繁多的家谱。

在徽州，每一个聚族而居的家族组织都有一部以至数部家谱。一个家族经过数代的繁衍，人口压力很快地就超出了当地的生态承载能量，于是他们不得不东迁西徙，开拓新的生存空间。这样，随着人口的增长和迁徙，大宗派生出小宗，而小宗又新派生出更小宗，就像枝繁叶茂的银桂，树干分出树枝，树枝又分出树杈，树杈再分出树杪，……在古徽州，类似的派生过程几乎是亘古不变。其结果是使得聚族而居的大姓，尤其是汪、程二氏，支祠都以数千计。族大丁众的家族之家谱，如同他们的祠堂一样，也分为通谱、世谱、支谱、总族谱、分族谱、统宗谱、大同宗谱和小宗谱，等等，一姓一氏的谱乘往往多达成千上万种。名宗右族纂修的族谱，刻工精美，卷帙浩繁。

一个宗族的族谱往往编号分颁以下各支脉收藏，每年祭祖时，要各带所编发的字号原本到统宗祠来会看一遍。各宗族每年都有固定的会谱日期。举个例子来说吧，歙县有个地名叫“篁墩”，因地处交通要冲，进出徽州的外来移民几乎都在这里留下过足迹。例如，南宋理学家、婺源人朱熹在自序家世时，就毕恭毕敬地书上一笔——“世居歙州歙县黄（篁）墩”；近代农民领袖洪秀全的远祖，也曾风尘仆仆地途经其间；……因此，“篁墩”在徽州移民史上的地位,绝不亚于洪洞“大槐树”之于山西移民、宁化“石壁村”之于客家人，在新安人的“寻根絮语”中，这一地名总是反复地出现。据传说，唐末农民起义时篁墩为黄巢部将占据，为了躲避战乱，自东晋以来就世居其地的程氏族人纷纷四散逃命，这也就是程氏后人散居徽州各地的原因之一。不过，篁墩作为新安程氏的始迁地，大概是在兵燹乱后，仍然有一支回到此处居住，后来在这里建有程氏统宗祠（大约毁于五十年代末）。当地有位村民告诉我，到一九四六年，单单是篁墩程氏这一支脉以下就有一百零八派，广泛分布于东起绩溪、西至婺源（今属江西）的原徽州一府六县境内。每年定于四月三十日，在程氏统宗祠会谱、祭祖团拜、上墓挂钱。届时，各派无论路途多远都要派人前来，济济一堂，共叙昭穆。通过一年一度的团拜会聚，宗族大大小小的各个支脉，不断地强化了这样的一种意念——“宜兄宜弟，如手如足。我们都是从同一个根系上繁衍出来的，同族是一家。”会聚的一个重要方面，还在于商议续修族谱。一个家族的家谱必须定期续修，续修的间隔时间一般规定为三世（一世亦即三十年），九十年为一代人的成长时间。之所以规定每隔九十年续修一次家谱，是想乘族中耆老健在人世，新的一代又已长成的当儿，将九十年内家族中血缘关系的嬗变准确无误地记录下来，以免因年久失修引起世系行辈的紊乱。朱熹所说的“三世不修谱，则为不孝”，这在徽州几乎成了一句通用的族法宗规，被郑重其事地记载在许多族谱上。修谱时要发出“知单”，广泛通知分布在各处（包括徽州本土及迁居全国各地）的族众，以了解他们迁徙、从业的现状，甚至还要专门派人四出联络。

毫无疑问，不论是修纂族谱还是构建宗祠，都需要以雄厚的经济实力作为后盾。现存的绩溪上庄村胡氏宗祠是太平天国以后重修的，据胡铁花先生（胡适之父）的自述，那次重建历时十一 年，共费制钱一千三百三十万（约合银元一万三千三百元）。虽说是全族按丁派捐，但实际上，“整个胡氏一族都仰赖于四百几十个经商在外的父兄子侄的接济”为活。（唐德刚译注：《胡适口述自传》第二章，华东师范大学出版社一九九三年四月版，页 10—11）因此，在此类活动中，财聚力厚的徽商总是扮演着主角。民国《歙县志》记载：

> 邑中商业以盐、典、茶、木为最著。席丰履厚，闾里相望。其上焉者，……在歙则扩祠宇，置义田，敬宗睦族，收恤贫乏。

徽商的巨赀捐助，使得那些星散各地的枝枝桠桠，有可能会聚于共祖的牌位前，会修出囊括各个支脉的宗谱——这就是直到今天人们还能看到大批卷帙浩繁的徽州统宗谱的原因所在。

毋庸讳言，徽商对于构筑祠堂、纂修宗谱的热情，有其报本反始的初衷。日本学者藤井宏教授曾将徽商资本的来源，归纳为共同资本、委托资本、援助资本、婚姻资本、遗产资本、劳动资本和官僚资本七种类型。苏州大学历史系唐力行研究员则认为，除此之外还有借贷资本，也应是徽商资本的一个重要来源。据考察，这几种资本大都与徽商的宗族势力有关。也就是说，徽商借助宗族势力的扶持，能够比较顺利地获得资金上的通融，从而克服商业流通中资金短缺的困难，使得经商之势经久而不衰。有鉴于此，他们在发财致富后投注大批资金构建宗祠，编纂族谱，也未尝不是慈乌反哺般发自内心的情感表达——莫非这就是五凤楼门厅所展示的祠堂的另一侧面？

不过，值得注意的是，对建祠修谱的热衷，显然还有一个很重要的方面，那就是相当现实的功利目的——亦即通过兴修宗祠、编纂族谱，强化宗族关系和宗族观念，使自己的商业活动得到全宗族的关心和支持，以求取更大的发展。

明清时期，商业发达地区的商人多以商帮的群体力量参与商业竞争。在当时，全国各地有许许多多的大小商帮。其中较为著名的主要有徽商、晋商、陕商、江右商、龙游商、宁波商、洞庭商、临清商、闽商和粤商等，今人称之为“十大商帮”。（参见张海鹏、张海瀛主编《中国十大商帮》，黄山书社一九九三年十月版）商帮是商人以地缘为纽带组合而成的松散群体，它的形成“意味着商人阶层已以群体的力量登上历史舞台”。（唐力行：《商人与中国近世社会》页 44，浙江人民出版社，“中国社会史丛书”，一九九三年八月版）这种现象的出现，从一个侧面反映了十六世纪以来商业竞争的日趋激烈。不过，商帮地缘组织的发展，并没有瓦解宗族血缘观念存在的基础，相反地却加强了宗族血缘观念；而宗族血缘观念的加强，在很大程度上又有利于商帮的发展，增强了各大商帮的凝聚力。

以“徽州帮”为例，它是以宗族血缘为基础、血缘与地缘相结合的封建商帮，其活动的大本营是在江南一带，故而这里广泛流传着“无徽不成镇”的著名谚语。不过，除了江南这一重点经营的区域之外，他们还周游天下，构建起一张覆盖全国各地的商业网络。根据唐力行先生的分析，徽商活动的范围主要有五大区域:一是浙、闽、粤;二是两湖、云、贵、川;三是晋、秦、燕、豫;四是日本、东南亚；五是各大商业都会。从商人的构成来看，既有坐贾，又有行商。他们需要借助宗族势力，展开商业竞争，为商业活动收集必要的情报。换言之，在宗情族谊温情脉脉的面纱背后，说到底还有一层现实的经济利益：

> 族谱编纂、宗祠建设的盛行，与徽商网络的建立和扩张是同步的。……商人只有“善察盈缩,与时低昂”,才有可能赢得大利。商业经营，尤其是长途贩运，对市场的正确判断和预测更是成败攸关，仅仅依靠个人的力量,要迅速地获悉关于各地物产丰歉、供求的变化、价格的变动、运输线路、运输费用的涨落等等的情报，几乎是不可能的。……徽商要得到可靠的情报，其最方便的办法，便是利用宗族关系构筑网络。这就需要强化从商族人之间的联络，修纂族谱就是联络族人的

最为有效的途径。在徽州，每个家族经过若干年后便要重修族谱。……这可以看作是构筑网络、收集情报的一种手段。修祠，对徽州本地始祖的祭祀，为各地族人的集中提供了机会，也对扩大从商族人的联络具有意义。……（［日］臼井佐知子：《徽商及其网络》，译文载《安徽史学》一九九一年第四期）

在某种意义上，宗谱便成了徽人行商的联络图。（《商人与中国近世社会》页 79）

我曾抖落厚积的尘封，披阅清代的一部徽商家谱。在泛黄的册页中，于残损断续的字里行间，影影绰绰看到了这样的一些场景：在灯红酒绿的扬州城，在月白风清的淮安关厢，侨寓异乡的家族成员频送秋波，对翠华临幸的康熙和乾隆，极尽献媚邀宠之能事；在名花美酒、曼声长歌之际，在与鹾务官僚飞觞传茗、诗酒文宴之余，竭力攫取着“官商”的专卖权益；在滨海舄卤的两淮盐场，在不绝如缕的苏北运河，督课煎丁、催征船户，到处奔波着风餐露宿、行色匆匆的家族成员；在上江繁华的各大盐运中枢，在乡僻荒野的江南三家村盐店，也处处晃动着囤积居奇、锱铢必较的“徽州朝奉脸”……他们都出自新安江上游的几个偏僻山村，却垄断了长江中下游地跨数省、每年多达数百万至上千万斤的食盐销售。而且，也就在这部家谱的卷首，不厌其烦地辑录了富裕的淮扬盐商与桑梓亲族商议重修族谱的信函往来。在这里，产、运、销一体的商业网络与骨肉亲情的枝枝桠桠被奇妙地纠缠在一起。

显然，通过修纂族谱，构筑宗祠，徽商就能够鸠宗聚族，借助宗族的整体势力建立起商业垄断。胡适先生曾说过，他的家乡绩溪上庄胡氏一族总人口约在六千人上下（包括散居各地经商的族人在内），虽然大半务农，"但是大多数家庭也都有父兄子弟在外埠经商的——尤其是在南京、上海一带"。例如，在上海，胡氏族人"率常数百人"。（《上川明经胡氏宗谱·拾遗》）胡适先生家中原是小茶商，祖先中的一支曾在上海川沙镇经营一家小茶叶店。虽然是小本经营，"可是先祖和他的长兄通力合作，不但发展了本店，同时为防止别人在本埠竞争，他们居然在川沙镇上，又开了一家支店。后来他们又从川沙本店拨款，在上海华界（城区）又开了另一个支店"。（《胡适口述自传》第一章）所以他深有体会地致函绩溪县志馆，反复强调要注意徽州人举族经商与建立商业垄断的关系：

> 县志应注意邑人移徙经商的分布与历史。县志不可但见小绩溪，而不见那更重要的"大绩溪"，若无那"大绩溪"，小绩溪早已不成个局面。新志应列"大绩溪"一门，由各都（按："都"是乡村基层单位）画出路线，可看出各都移植的方向及其经营之种类。如金华、兰溪为一路，孝丰、湖州为一路，杭州为一路，上海为一路，自绩溪至长江为一路。……其间各都虽不各走一路，然亦有偏重。如面馆业虽起于各村，而后来成为十五都一带的专业；如汉口虽由吾族开辟，而后来

> 亦不限于北乡；然通州自是仁里程家开创，他乡无之；横港一带亦以岭南人为独多。（《绩溪县志馆第一次报告书·胡适之先生致胡编纂函》）

绩溪是徽州比较贫瘠的县份，平地仅占全县面积的百分之一点五，粮食严重不足。正因为有大批家人经商在外，端赖于他们的接济，才维持着一个个类似于上庄村那样六千人聚居的规模。应当看到，在商业促进宗族发展的同时，宗族势力也推动着商业的繁荣。当然，这种情形不仅仅发生在徽帮身上，而是一种比较普遍的现象——诚如唐力行先生所指出的："借助宗族血缘组织参与商业竞争，是中国近世商人的一个显著特征。"（《商人与中国近世社会》页 90）各大商帮以血缘为核心，以地缘为辐射，通过构筑商业网络，将一个个分散的区域市场沟通起来，逐步形成了突破区域范围的大市场，而大市场的形成，则是资本主义生产关系由萌芽到成熟的最重要的历史前提。

在这一过程中，商人的群体组织也随之产生。最初的商人组织是与商人的宗族血缘组织相重合，而血缘组织的进一步发展则为商人的地缘组织（会馆）和业缘组织（行会与公所）。按照费孝通先生的说法，地缘是从商业里发展出来的社会关系，是"契约社会的基础"。（《乡土中国》）但在宗法观念和乡土观念根深蒂固的传统中国，会馆虽属地缘组织，却仍然带有相当浓厚的血缘色彩；而行会与公所等业缘组织，同样也无法摆脱血缘关系和地缘关系的网络。攀亲缘、叙乡里——特别重视亲属情分和同乡关系是中国近世商人在经营活动中的一大特点。

而且，无论是在资本主义萌芽产生的过程中，还是在近代资本主义企业发展的历程中，中国近世商人的这一特点始终没有改变。这一特点，对于近世中国社会产生了深刻的影响：

> ……亲缘和地缘关系的社会网络，在中国资本主义经济启动和初步发展时发挥了重要的作用。但是亲缘与地缘又是与资本的人格格格不入的。西欧与日本的资本主义正是斩断了亲缘与地缘的羁绊，在价值规律的支配下成长壮大起来的。……而在中国，新兴的资产阶级不得不依靠亲缘和地缘关系来建立市场。这就使中国的资产阶级陷入了一个挣不脱的怪圈。一方面亲缘和地缘网络帮助了资本主义在中国的启动，另一方面亲缘与地缘又制约着资本主义在中国的发展。（《商人与中国近世社会》页 319）

我听说，桂花是我国特有的观赏花木和芳香植物。目前在徽州一带具有保护价值的桂花古树约有二十余株，大多生长在户外的岭畔村头，树高都在十数米以上。而眼前的这棵银桂，虽然也是绿叶扶疏，清香飘逸，虽然亦曾历经了连村民也说不清的岁月年华，但仍然局踏于“四水归堂”的瓦檐下，在先祖目光的冥视中，轻摇着蟾宫折桂的残梦……

莫非是天井间的光照不足？抑或是祠堂内的空间有限？

一九九四年仲春

老房子

老房子在徽州随处可见，每一幢房子都是一段遥远的故事。

八十年代初，在皖南的紫霞峰下，筹建了一处“明代民居博物馆”，号称“潜口民庄”。庄内采用原拆原建的办法，将散落在徽州各地的十幢老房子集中于此，形成了独具特色的明代山庄。主要建筑内部陈设有明代家具和其他生活用品，力图再现几个世纪以前徽州人的生活方式。

尽管曾多次参观此处山庄，但平心而论，我从未激起过太多的兴趣，这倒不完全是因为山庄崭新雪白的外墙缺乏一种历史感。说真的，我宁愿在荒烟蔓草的村僻之地看到一幢幢孤零零的老房子，尽管有时显得十分残破，残破得让人惨目伤心，但那种独特的风致却是任何人为集成的山庄所无法比拟的。

然而，我也清楚地意识到，对于老房子，人们总是交集着种种复杂的情感。许多老房子在乡间之所以一直保留到现在，往往不是因为房屋的主人真地能从审美的愉悦中得到心理的满足，而是由于它们曾一度睽离现代生活的尘嚣。如今，随着时光的流逝，乡土文化的日渐逸散，点缀于村野间的老房子，或是倒塌，或是被拆得七零八落。于是，在屯溪老街，在西递巷口，……处处都能看到从老房子上拆下的精美部件：雀替，窗棂，雕花栏板，等等等等。

作为极具个性特征的文化现象，徽州的老房子是在特定的自然地理和历史人文环境中逐渐形成的。

清康熙五十七年（一七一八年），侨寓扬州的徽州盐商程庭回歙县岑山渡省亲，在随后所作的《春帆纪程》中，记下了他所看到的徽州村落景观：

徽俗士夫巨室多处于乡，每一村落，聚族而居，不杂他姓。其间社则有屋，宗则有祠。……乡村如星列棋布，凡五里、十里，遥望粉墙矗矗，鸳瓦鳞鳞，棹楔峥嵘，鸱吻耸拔，宛如城郭，殊足观也。

迄今，街贯巷连、黛瓦粉墙的老房子，仍然给人以一种明快淡雅的美感。不过，在历史时期，除了审美价值外，它无疑更具有诸多实用的功能。一九五四年安徽省博物馆曾对绩溪、歙县、休宁三县数十幢老房子作过调查，发现徽州民居的外墙都是用砖砌成，表面涂抹白灰，厚度约自二十八至三十四厘米不等。室内的间壁，均以芦苇杆编成，外表涂饰白灰。对此，早在明崇祯年间，徽州文人金声就曾解释说：

入其（徽州）境而见村落有聚，庐舍高峻，墙涂白垩，不知其以地狭，故图得架阁而居，若夜航舟，构一庐得倍庐之居，非能费财而高也。垣既随庐，不得不峻，畏水浸而易圮，涂白垩以御雨，非能费财而饰也。(《金太史文集》卷六《送郡司李》)

金声从自然生态的角度阐述了老房子产生的地理背景。根据他的解释，徽州村落外观的粉墙，主要是为了防止雨水侵蚀，而不曾有糜财装饰的意向。其实，“御雨”固然不差，但“非能费财而饰”却与事实有着相当大的距离。稍早于金声的张瀚曾指出：

> 煮海之贾，操巨万资，以奔走其间，其利甚巨。自安、太至宣、徽，其民多仰机利，舍本逐末，唱棹转毂，以游帝王之所都，而握其奇赢，休、歙尤夥，故贾人几遍天下。（《松窗梦语》卷四《商贾纪》）

服贾四方的徽商，或成巨富荣归故里。他们将域外更高层次的文化引入境内，穷极土木、广侈华丽以明得志，构筑起一幢幢精巧别致的民居建筑。故此，早在晚明时期，“入歙、休之境而遥望高墙白屋”，就成为徽州村落的独特景观。

除了粉墙黛瓦外，高低错落的五叠式马头墙也以其抑扬顿挫的起伏变化，体现了皖南民居独特的韵律感，加之脊饰吻兽、鳌鱼，更使得山村民居构成为一幅幅动人心弦的画面，令初次踏上故土的程庭顿生“宛如城郭”的美感。由于地狭人稠且聚族而居，徽州民居“星罗棋布”，为了防止邻人失火殃及自家，普遍采用了高低错落、富于变化的封火山墙。这种做法最初是为了防火，具有相当实用的需要，但后来却成为一种装饰，在徽州民间俗称为“五岳朝天”。

与“五岳朝天”并称的“四水归堂”，也是徽派建筑的主要特征之一。徽州老房子多是以天井为中心的内向封闭式组合——四面高墙围护，唯以狭长的天井采光、通风及与外界沟通。外墙很少开窗，尤其是下层有时完全没有。即使开窗，也不过是以四五十厘米的小窗数处稍事点缀。因此，老房子总给人一种幽暗凄迷的感觉。据当地人说，这样做除了防盗以外，还有对暗室生财的迷信。前者显然与大批徽州男子的外出经商有关，后者则源于古老的风水观念。

就单体民居而言，地狭人稠的乡土背景，使得老房子多楼上架楼。晚明旅行家谢肇淛就曾指出："吴之新安，……地狭而人众。……余在新安，见人家多楼上架楼，未尝有无楼之屋也。计一室之居，可抵二三室，而犹无尺寸隙地。"（《五杂组》卷四《地部二》）徽州老房子一般均为二层或三层楼房，以二层居多，二层楼房有不少下层矮而上层高。一般认为，这是干栏式建筑的遗存，目的是防止居人与上升的地气直接接触，另外也为了预防洪水的骤然而至。楼层面临天井一周的弧形栏杆向外弯曲，俗称"美人靠"，顾名思义是供深闺中的徽州妇女凭栏休憩之用的。美人靠下部裙板用各种木雕装饰，雕工精湛，玲珑剔透，令人目迷心醉。

木雕是著名的徽州"三雕"（砖、木、石）之一，徽派建筑之所以成为三雕附丽的实体，在很大程度上与明清时期对民间营建制度的严格规定有关。以《明史·舆服志》为例，它对庶民庐舍的间架、彩饰，便有着相当明确的限制。因此，尽管不少徽州人赀累巨万，但一旦有所"僭越"，无疑会触犯禁令而遭受惩处。休宁县就有一座"三槐堂"，又称"王家大厅"，原系明万历中叶举人王经天的故宅。这座砖木结构的宅院，有柱一百八十二根，主柱围粗一点四米，柱上支撑雕镂平盘斗，下垫刻花柱托和石雕柱磉，前、中两进之间开大天井，两侧配厅又各有小天井，总体结构气势宏伟，俗有“金銮殿”之称。“三槐堂”位于休宁县秀阳乡的一个偏僻小村——溪头村，从县城坐车到最近的公路边，还要走上个把钟头才能到达。但即使是在这样的一个僻野荒村建造了“超标准”的豪华住宅，还是被人发现，并被惩罚性地易名为“茅厕厅”。或许正因为如此，囊橐满盈的富商们才不得不将自己的住宅营建成小而精的样式，将更多的精力投注于雕花梁架、楹联字画上，通过丰富的乡土艺术语言，巧妙组合出令人愉悦的视觉形象。

……

就这样，明清徽州特定的自然和社会环境，给老房子的建筑形态以独特的限定。其后，在不断认同与相互适应中，又积淀而为一种不可动摇的程式，并最终孕育出独具个性的乡土建筑文化。

现代人常说：建筑是凝固的音乐。无独有偶，几个世纪之前的作曲家王骥德也认为，戏曲的结构形式，与传统建筑具有相似的美学原则。他认为：

> 作曲犹造宫室者然。工师之作室也，必先定规式，自前门而厅、而堂、而楼，或三进、或五进、或七进，又自两厢而及轩寮，以至廪庾、庖湢、藩垣、苑榭之类，

前后、左右、高低、远近，尺寸无不了然胸中，而后可施斤斫。作曲者亦必先分段数，以何意起，何意接，何意作中段敷衍，何段作后段收煞，整整在目，而后可施结撰。(《曲律·论章法》)

《曲律》成书于十七世纪初，当时正值中国各地戏曲声腔争奇斗艳的时代。该书在《论腔调》中指出——

世之腔调，每三十年一变。……数十年来，又有弋阳、义乌、青阳、徽州、乐平诸腔之出，今则石台、太平梨园，几遍天下，苏州（昆山腔）不能与角什之二三。

其中，“弋阳”腔的特点是用锣鼓铙钹为节拍，尾段或尾句由后场音乐人员帮腔。嘉靖年间，弋阳腔传入皖南，结合当地的土语声调，逐渐形成了所谓青阳腔（即徽州腔）。后者继承了弋阳腔“一唱众和，其节以鼓，其调喧”的声腔特点，将演员的唱、念、做、打统一在锣鼓的节奏中：举手投足，甩发捋须，眼神笑颦，无不富于节奏感。后来，为了伸展意境，使传奇剧本更加通俗易懂，且能充分表达人物情感，青阳腔艺人创造出了一种“滚调”，益发备受观众青睐。至迟到晚明时期，青阳腔就以“天下时尚南北徽池雅调”之称风靡海内。并在皖南地区，成为当地傩戏、目连戏的主要唱腔之一。

“徽俗最喜搭台观戏”，特别是自腊月至清明的一段时间里，因伴随着隆重的宗祠会祭、年终谢神、春祈社会等活动，迎神赛会名目繁多，戏剧活动也十分活跃。万历二十八年（一六〇〇年）春，徽州府邑城东郊迎春盛会上，仅戏台就有三十六座。在这些戏台上献艺的，除了一部分从吴、越请来的名优外，大部分都是徽州本地艺人组成的戏班。有道是——“花戏台似锦绣联成一片，夜点灯千百盏与月争光；请戏班一日夜需银满百，你赛我我比你熙熙攘攘。”究其原因，是因为家族作为徽州民间社会的一个群体组织，各大族多有祠产之类的固定收入开支祭祀的专用款项，故而较易筹措演戏经费，以较大规模的文娱活动交互炫耀及攀比。

明万历以后，昆曲传入皖南，徽州腔改用笛子伴奏，去掉人声帮腔，音调节奏更显平稳、抒情，号称“四平腔”。其后，四平腔又与昆曲融合而成新腔——“昆弋腔”（或昆平腔），以大小唢呐、大锣大鼓伴奏演唱武戏。昆弋腔在明末传入桐城、枞阳、石牌、安庆一带，与山陕梆子结合，相互影响、互相融合，渐次产生了吹腔、拨子、二黄等声腔，后来又吸收了汉调的西皮，成为一个音乐品类繁杂、多声腔的剧种——徽剧。徽剧节奏鲜明、高亢爽朗，在宗法、乡族活动频繁的明清时期，显然非常适合于人影幢幢、声音嘈杂的庙会社戏中的演出。其主要的伴奏乐器是徽胡、唢呐、笛子：徽胡是用木杆、小筒、丝弦，别具一格；唢呐发音响亮、粗壮，通常用在发兵、饮宴、庆典等场面吹奏曲牌，以渲染气氛；笛子音色清脆嘹亮。再伴以音色低沉、浑厚的打击乐，以及大钹、大鼓的闷击，营造出独特的戏剧氛围。乾隆年间，安庆徽班到扬州演出，对其他剧种兼收并蓄，除演徽戏外，还时常兼演昆曲和一些花腔小戏。“四大徽班”进京后，又吸收了京腔、秦腔、昆曲、汉调等剧种的长处，经程长庚等名艺人的创造改革，经过半个世纪的孕育，到道、咸时期，遂形成后来的京剧而流行于全国。

与老房子相似，徽剧的表现形式亦是程式化了的。剧情对角色喜恶褒贬的限定，都通过不同的脸谱扮相和演员的唱念做打明白无误地告诉观众。其唱腔有曲牌板式，锣鼓有锣鼓经，舞台美术则体现了象征化的特色。服装虽然不分朝代而划一，但却根据人物身份之不同而采用固定的服装道具，以表现其人的职业类型。与此相应，脸谱的运用也通过象征性的归纳，展示剧中人物的典型性格。据统计，徽剧的脸谱多达九十余种，浓眉重目，深描眼帘，不仅强调眼窝、鼻窝等深陷部位，而且还根据面部的肌肉、骨胳夸大明暗，将髯口夸大、加长，……通过上述化妆上的艺术夸张，使得人物的性格、年龄及忠奸善恶，无不蕴含于一勾一画的刻划之中。此外，徽剧脸谱还以“红忠白奸”等色彩线条寓意式的勾画，构成对人物形象、特征的表现力，力图给人以强烈的艺术感染。这些，无疑都是一种程式化的手法。

记得数年前第一次踏上徽州这块土地，但见烟树葱茏，掩映着栉比而立的黛瓦粉墙，将徽州民居衬托在山光水色之中，呈现出一派清新野逸的田园风光。犹如丹青妙笔在用枯笔淡墨，勾勒出疏树寒村的山水胜境。那种“柳暗花明又一村”的牵人情思，强烈地吸引着我深入画境，寻幽探胜而陶然忘返。此后，我又多次走访徽州，看到了历史与现实的诸多侧面，激情与冲动，渐次转化作平静的思考。

“徽式新屋”曾是一种非常时髦的民居型式，在徽州高移民输出的特殊时代里风靡一时。然而，一旦时过境迁，徽派老房子便愈来愈显现出它的弱点。早在清代中叶，抑郁满腹的汪士铎就曾写道：

> 绩溪不佳之处，……雕镂房舍，屋皆楼，室太暗，……宫室制太雷同，太晦暗，房窄狭，黑暗如狱，如地狱无窗。(《汪悔翁乙丙日记》卷一)

“乙丙”是咸丰乙卯（一八五五年）和丙辰（一八五六年）的简称。当时正值咸丰兵燹期间，作者为避太平军之难从金陵逃回绩溪。半个多世纪以后编纂的民国《歙县志》，对徽州老房子的缺陷更是直言不讳：

> （徽州）屋庐之制，因居山国，木植价廉，取材闳大，坚固耐久，今元代所营之室，村之旧者犹数见焉。然以山多田少，病居室之占地，多作重楼峻垣，屋中空地太少，开窗亦隘，严密有余，而光线不足，乃其短也。

老房子是徽商如日中天时期精雕细琢而成的，它表达了久远的历史，成为明清时期高层次地域文化的积淀。但从总体上看，内向封闭式的建筑隔断了人与自然的联系，不能提供有效的通风、采光条件，更无法营造舒适的生活环境，所以从现实生活功利的角度来看是有严重缺陷的。

老房子，作为一个生活舞台，人们生活的各种内容都要在这里一幕幕地上演。多数老房子都是数百年前由缙绅富商所建，他们大多衣食无忧，优哉游哉。明人汪道昆就曾刻划过这样的一类人：父母在徽州而子弟经营盐业于两淮，“主人终岁家食，跬步不出里门，坐收山林林木之利于其家，岁课江淮盐筴之利于其子，不逐时而获，不握算而饶”。（《太函集》卷四）于是，庭院之中，石台石桌，或设鱼池，或置盆景，将丘壑林泉浓缩于壶天之中，藉以营造梦境般的绮丽空间，排遣文人雅士诗书之外的闲情逸致，在俗务萦怀的内心深处，留存山林隐逸的净土一片。时至今日，“舞台”早已“尘封”，随着生活方式的巨大变化，老房子已愈来愈不能适合新主人的需要了！一位徽州文化人对它的变迁作了精彩的描绘：

> 经历了百余年的历史变迁，应着那“千年屋，百家主”的俗语，大多数古民居都是数易主人。如今，居住在这些豪华、精美的古宅居中的主人，他们所操的生业，绝大部分已不是当年离乡背井、求利天下的商人。他们中多数是终年胼手胝足、脸朝黄土背朝天、躬耕陇亩的农民。他们的祖先也许是家财万贯的商人，而他们现在却不得不在泥土中刨着一粒一粒的粮谷，以谋求生存。
>
> 于是，外来的游人惊异地发现，中国唐代诗人刘禹锡的“旧时王谢堂前燕，飞入寻常百姓家”的名句，成了黟县古民居的真实写照。往昔喜庆吉辰悬挂彩灯的吊钩上，垂下了农家累累的瓜果种子；精美的木雕上，嵌

进了钉子，挂着蓑衣、农具。人们走近那环境优雅的书斋，却惊异地发现这已是个堆放杂物的仓库。……虽然游人看了这些，心里并不十分舒坦，甚至有点沉甸甸地，但这毕竟是一种现实，一幕活生生的历史。（余治淮：《桃花源里人家》页 12，黄山书社一九九三年四月版）

徽州文化是各种区域文化在皖南这一狭小地区的融合。绩溪人胡适先生就曾有过“小绩溪”和“大绩溪”的比喻，他认为“若无那‘大绩溪’，小绩溪早已不成个局面”。对于整个徽州而言，“大徽州”也同样是“小徽州”命脉之所系！徽州人“世治则出而贸易，世乱则归家”，（《汪悔翁乙丙日记》卷一）当国内战乱频仍，交通梗塞，徽州商人文化的没落便是一个必然。在这样的背景下，徽州人如何还能保持不变的生活方式？

一位读过拙文《斜阳残照徽州梦》（载《读书》一九九四年第九期）的大学生朋友，走访西递后，记下了与我不同的观感：

熟读“杏花春雨江南”的人们总是非常怀念那些烟雨中的村庄，那些青青的石板路和斑驳的竹林。然而在一个本来就没有竹林的年代里，强自居住在竹林里的人物是否也会体悟到同样的诗情和画意？（斯越：《出入村庄——关于皖南》，载华东师范大学《大夏之声》一九九四年九月十五日，第五十八期）

斯越在一所最显赫的宅子里，看到了郑板桥手书的一副对联“以八千岁为春，之九万里而南。”好大的气魄！但在惊叹之余，主人又告诉他，这屋子里白蚁太多，每年要花很多的精力来保护那些已经几百年了的木柱。斯越不禁感慨道："西递的古宅也许就是这样古怪，辉煌和没落总相依相缠。……百年的老屋，斑驳的粉壁以及楼梯口潮腐的空气没有一样不使人感觉，这分明是个被时间淹没并正在努力残喘的村庄。”

是啊！和我一样，不少人都曾赞美、并陶醉于老房子——深厚的文化积淀，确实展示了落花的矜持与自尊，但其间却又夹杂着多少的落寞与无奈！？数百年来，一以贯之的徽州乡土建筑，与节奏徐缓的田园生活方式相适应，但如今这种节奏同现代社会已拉开了长长的距离。那么，该如何实现历史与现实的兼容？

清代后期，京剧兴盛，唱腔、流派纷呈迭现，徽调渐居颓势，徽剧艺人多改学新腔，徽剧遂日渐衰落。到本世纪四十年代，已是奄奄一息，濒于消亡，只在皖南部分地区仍然流行。一九四九年之后，在振兴地方戏曲的号召下，重建了安徽省徽剧团，对濒于失传的剧种进行了挖掘抢救和继承工作。其间恢复上演了六十多出青阳腔、徽戏和徽昆的传统剧目，有些剧目据说还颇受观众青睐。但从总体上看，徽剧的影响不仅与京剧相距甚远，而且也远不敌后起的黄梅戏。对此，马彦祥先生指出：

徽戏在解放前已经衰亡了，解放以后才抢救过来。当时，在安徽已经很少人会唱徽戏，我们到江苏省的里下河，浙江省的农村中，找到了许多老艺人，

> 教出来一批学生，成立徽剧团。一九五九年到北京演出，演员都是年轻的，有个唱老生的张启祥，很不错，在北京轰动一时，总理、毛主席都看了。……（《京剧的渊源与流变》，载《京剧史研究》，学林出版社一九八五年十二月版）

这段话是在北京京剧史研究会成立大会上的讲话。其间，马先生还放了“张启祥”所唱的《水淹七军》的录音。《水淹七军》是徽剧的传统剧目，演的是反映三国故事的关公戏；马先生所谓的“张启祥”，其实应当是章其祥。近年来笔者数度走访徽州，有三次观看了章其祥的《水淹七军》。

一九九四年十一月，在黄山“旅游节”暨首届“徽州学”国际学术讨论会期间，曾两次观赏到《水淹七军》的精湛表演。其中的一次是在“新安度假村”的演出大厅内：前场扮演关羽、周仓、关平诸人，一身地道的徽剧行头；但我也奇怪地发现，担任后台伴奏的，却是一些穿着极为朴素、朴素得几乎让人以为那是临时招募来的农家票友，与群歌共舞的场面显得极不协调。会间，当我向扮演关羽的章其祥提起这个疑问时，他尴尬地回答说：这些人实际上并不是临时招募来的票友，而是基本上均有中级职称的科班艺人。接着，他向我回顾了近数十年徽剧的盛衰递嬗：一九五六年，合肥成立“安徽省徽剧团”，从徽州聘请老艺人培训青年演员，挖掘清理剧目；一九五九年，徽剧进京，演出《水淹七军》、《淤泥河》等剧目，大获成功；一九六一年，徽州地区徽剧团成立；一九七八年，徽州地区组建京徽剧团，章其祥就是团中的骨干演员。但近年来徽剧搬演日渐困难，票房收入不敷支出，对徽剧感兴趣的人越来越少，以至于有时连工资都难以支出。……于是，我所看到的那一幕，其原因也就不言自明了。章其祥告诉我，此前他已奉调安徽省徽剧团，黄山市的京徽剧团无形中也就解散了。说到这里，这位徽剧一级演员言语中带着一丝伤感……

——在皖南这样的村僻荒野上保留一幢精美的“老房子”，是否是一种奢侈呢?

徽剧的发展，与明清徽商的如日中天，以及频繁的宗法、乡族社会活动密切相关。或许人们会说：而今，这种外部环境早已不复存在，徽剧明日黄花般的竭蹶困境也就可以理解。

其实，导致徽戏等诸多剧种衰落的原因尚不止于此。中国人常说：“人生大舞台，戏剧小人生。”戏剧以其“易入人之脑蒂，易触人之感情”，曾经一统天下，主宰着中国的文化市场，甚至成为人们几乎唯一的娱乐。徽剧的创作和表演，存在着一种类型化、程式化的规范性思维。譬如戏剧题材，明初戏曲家朱权就归纳出“杂剧十二科”——神仙道化、隐居乐道、披袍秉笏、忠臣烈士、孝义廉节、叱奸骂谗、逐臣孤子、钹刀赶棒、风花雪月、悲欢离合、烟花粉黛和神头鬼面十二种类型;(《太和正音谱》)后来的吕天成则概括出“南戏六门类”，即“一曰忠孝，一曰节义，一曰化佛，一曰功名，一曰豪侠，一曰风情”。以“风花雪月”或“风情类”的才子佳人戏为例，它时常套用这样的一种情节：书生落难，员外相救，将之收留在家。小姐花园怜才，私订终身，赠银上京。书生上京应试，钦点状元，衣锦还乡，夫妻团圆。中间，抑或插奸相迫招，书生贪慕荣华而负义；或拒婚而遭陷害。前者如遇相府千金通情达理，则一夫二妻大团圆；后者则要遇忠臣义士相救，最后除奸，夫荣妻贵。

不言而喻，此种老掉牙的俗套，尽管在当今不可能赚得多少观众的眼泪，但在传统时代它却拥有相当多的观众。明人谢肇淛曾指出：

> 宦官、妇女看演杂戏，至投水遭难，无不恸哭失声，人多笑之。余谓此不足异也。人世仕宦，政如戏场上耳，倏而贫贱，倏而富贵，俄而为主，俄而为臣，荣辱万状，悲欢千状，曲终场散，终成乌有。今仕宦于得丧，有不动心者乎？罢官削职，有不恸哭失声者乎？彼之恸哭忧愁，不过一时而止，而此之牵缠系累，有终其身不能忘者，其见尚不及宦官、妇人矣。(《五杂组》卷十五《事部三》)

显然，戏剧的流行，与传统社会所造就的那种稳定的审美心理和习惯，无疑是密合无间的。另外，看演杂戏，至投水遭难、恸哭失声，此与现代“追星族”之狂热，并没有什么大的差别。这或许正说明——徽剧也好、京剧也罢，现在是一种“高雅”艺术，但在当时不过也是一种大众文化、流行艺术。既然是流行文化，那就难免会有由盛而衰的过程。

时至今日，随着社会经济的迅猛发展，电视机的日益普及，影视及各类娱乐业的迅速崛起，新的大众文化的影响与日俱增，从而大大拓展了人们的审美视野，刺激了社会审美心理的深刻变化，这就使得传统文化面临着前所未有的挑战。为了更好地表达现阶段人们的思想情感，体现时代艺术精神和美学特征，社会无疑对流行文化的节奏、内容都提出了新的要求。在这种形势下，节奏缓慢、文词不通俗、语音难懂、形式固定的传统戏剧，显然与现代社会的审美旨趣存在着相当大的距离。当戏曲艺术赖以存活的文化心态沦丧之后，传统戏剧又焉能依旧促管繁弦、轻歌曼舞？

今年八月在第二届“徽州学”国际学术讨论会上，章其祥再次为与会者清唱了徽剧的一些传统剧目，并讲解了徽剧和京剧的异同之处。在我看来，比起或许一看就懂的老房子，观赏徽剧无疑需要更为深厚的文化底蕴和审美素养。说实在的，尽管我曾多次聆听过类似的讲解，但却始终看不出多少门道，充其量只是以外行人的角色看看热闹而已，其情形犹如有的西方人虔诚地将阅读中国古典名著《红楼梦》作为一件加强东方文化修养的事来作，但却只意识到“必要”而并无多少审美的快感！在演出现场，我看到周围的外国学者，他们尽管很礼貌地坐着，但不少人却是用手遮着面孔闭目打盹（尽管后来他们在另一场合曾表示自己对徽剧是如何地欣赏和喜欢！）这种世相心态，不由得让人记起了佩雷菲特的一段话：

> 中国音乐的全部艺术似乎只在于产生一种单调的节拍，因此他们一点不懂把不同的音符组合起来可以产生变奏与和声。然而他们自己非常夸耀他们的音乐，但对于外国人来说，它却只是嘈杂刺耳而已。
>
> 对于一路上听惯并演奏韩德尔和普塞尔乐曲的使

> 团的德国音乐家的耳朵来说，中国音乐实在令人吃惊。演奏的所有价值就是用钹、锣、喇叭和一些弦乐器奏出震耳欲聋的声音。他们没有任何对位与和音的概念。
> (《停滞的帝国——两个世界的撞击》，页279)

西方人以自己的审美观、戏剧观来审视古老的中国戏剧，其间的偏见在所难免，也丝毫不值得奇怪。其实，中西戏曲音乐孰优孰劣，因文化背景的不同而见仁见智。但东方与西方、现代人与古代人的心理距离之难以弥合，却是实实在在无从逾越的障碍。

那么，现实与传统一旦“牵手”，就真的“没有岁月可回头”了么？

在新安江东岸的南溪南，有一幢老房子矗立于荒烟蔓草中——习见的粉墙黛瓦，岁月的印痕给墙体涂上了斑驳的黑色，倾欹的屋顶让人看到了房子的内部。村民告诉我，这曾是清代一位吏部尚书的旧宅……

不知怎的，近年来每次到徽州，我总要抽空渡过烟雨迷蒙的新安江，去看看这幢老房子——是留恋最后的一线风景？还是有老屋将倾之虞？我自己也说不清楚。看到附近的公路从脚下蜿蜒而过，便想起老房子揖别当代的日子已为时不远了……

由此，我也体会到潜口民庄设计者的一片苦心。

一九九五年八月，第六次走访徽州归来

纤绳荡悠悠

徽州现存的“老街”有三条——最出名的首推“屯溪老街”，其次是休宁的“万安老街”，最不惹人注目的则在歙县渔梁。在我看来，前二者因其过度的开发，作为明清古镇意义上的“老街”已是徒具形骸。只有寂寞的渔梁镇，迄今还依稀保留了悠悠岁月的片断记忆。

信步踱出歙县南门，沿着半华里长的古老石道，慢慢的，“渔梁老街”便呈现在面前。

蜿蜒曲折的鹅卵石路面在脚下绵延伸展；一色的粉墙矗矗，一色的鸳瓦鳞鳞；……凌濛初笔下与姚滴珠新婚燕尔的潘甲辈，当年就该是沿着类似的巷陌、恋恋不舍地橐橐行走？……

路尽头的南端是数百年前徽商修建的一个“马头”。

沿着石级斜坡而下，就上了练江中的滚水石坝——渔梁坝。练江是新安江的上源，在明清时期，这里是徽州通往江、浙一带的货物集散地，称为“渔梁马头”。

脚下，花岗石铺砌的坝面雪白晶莹，即使在斜晖脉脉中也显得有些晃眼。当年，潘甲辈是最后望一眼高耸水滨的青石屋基，还是看一看柔蓝一水萦花草的渔梁古渡？或许，他也会停住脚步，掏出怀揣的《天下路程图引》，抽空记一记那首《水程捷要歌》：

一自渔梁坝，百里至街口，
八十淳安县，茶园六十有，
九十严州府，钓台桐庐守，
橦梓关富阳，三浙垅江口，
徽郡至杭州，水程六百走。

这“六百走”的水程，也就从足下延伸而出。在徽州人编纂的路程图记中，常常见有“梁下搭船”的字样，说的便是此处。在这里，“哥哥你坐船头，妹妹我岸上走”——或许只有反唱的流行歌曲，才足以状摹数百年前潘甲姚滴珠们彼时的心境……

由寒碧荡漾的新安江顺流而下，水流湍急，拉纤想必是用不上。不知怎的，“纤绳荡悠悠”的歌声，在我听来倒像是“前程荡悠悠”似的……

这“荡悠悠”的“前程”尽头又是一个“马头”。

“马头”一词，最早似见于《晋书·地理志》。从《通鉴》胡三省注中可以看出，当时的“马头”，主要是供兵马入船之用的。唐宋以后，随着传统城镇军事及行政职能的逐渐淡化，商业机能的渐趋增强，“马头”也多由军用变作民营，先是指贾舶停泊之处，继而引申为商埠。进而同音假借，定名为“码头”。

明代嘉、万年间，徽州人叶权在《贤博编》中谈及当时的九个“天下大马头”——荆州、樟树、芜湖、上新河、南濠、湖州市、瓜洲、正阳和临清。这些码头主要分布于长江、淮河和运河等国内水运动脉上，为“商货辐辏之所”。稍后于叶权的王士性也曾指出：

> 天下马头，物所出所聚处，苏、杭之币，淮阴之粮，维扬之盐，临清、济宁之货，徐州之车骡，京师城隍、灯市之骨董，无锡之米，建阳之书，浮梁之瓷，宁、台之鲞，香山之番舶，广陵之姬，温州之漆器。

“币”是古人用作礼物的丝织品，《战国策·齐策三》有“请具车马皮币”的记载，故“苏、杭之币”当指苏州、杭州两地的丝织品。“粮”为漕粮，明永乐以后定都北京，恃南北漕运转输维持国家机器之正常运转。《白雪遗音》中有一首歌谣：“不认的（得）粮船呵呵笑，谁家的棺材在水面飘——引魂幡，飘飘摇在空中吊；上写着‘钦命江西督粮道’。孝子贤孙，打着哀篙；送殡的人，个个都是麻绳套。齐举哀，不见那（哪）个把泪掉。”这大概只有刚从“马头”上岸的潘甲辈才会闹出的笑话。其实，“打着哀篙”的不是“孝子贤孙”，而是漕帮的水手；“麻绳套”着的，也并非为人送殡，他们是背着荡悠悠纤绳的纤夫——这样的情景在当时的运河沿线随处可见。明代中叶以后，漕粮由官军直接到江南各大码头兑运。淮阴“马头”就建有积粮的仓廒以备转兑。直到今天，当地还有一个“马头镇”的地名，成为往年漕运的旧迹。“维扬”亦即现在的扬州，历来是淮鹾转运的枢纽。由此往北，早在弘治年间朝鲜人崔溥就曾指出，“淮河以北，若徐州、济宁、临清，繁华丰阜无异江南，临清为尤盛。”（《漂海录——中国行纪》）这“尤盛”的临清，在一百多年后的利玛窦笔下，几多艳羡仍然溢于言表。与临清相似，济宁州亦地当河、漕要冲，财货骈集，贾贩辐辏。王士性所说的“货”，也就指来自全国各地的百货。嘉靖以后，徐州屹为河运壮邑。由此至淮阴段的运河亦即黄河河道，加上时常没有足够的水源通漕济运，故而当地出租“车骡”的生意就格外红火。从这沿着运河北上的终点是京师，在那里，每逢朔望及二十五日，都在城隍庙为市。正月十一日至十八日间，东华门外迤逦极东，昆玉琼珠，滇金越翠，远方异域的山海宝藏，陈设达十数里，谓之“灯市”，较“城隍庙市”之盛，复有过之而无不及。此外，江南无锡的米市，福建的建版书籍，江西景德镇的瓷器，浙江宁波、台州一带的海货（“鲞”是剖开晒干的鱼），广东香山的番舶，扬州的雏姬，温州的漆器等，也都相当著名。

其实，在无远弗届的潘甲们的眼里，天下的“马头”自然远远不止上述这些。清代中叶吴中孚所编的《商贾要览》，就有更多的记录——

奉天府：珠玉、人参、各皮货买卖大。

北京：买卖颇大。

直隶省及通州：买卖颇大；冒州（昌平州？）及天津等处，口外货来聚卖。

江南：南京交易颇大；苏州，聚卖交易甚大；太仓州，棉花出多，扬州绍比（邵伯？），粮食聚卖大。安庆省、瓜洲、清江浦等处，交易颇大；大通镇（粮食颇聚）。

江西省：吴镇，杂货聚卖大；景德镇，瓷器好；樟树镇，药材颇聚；赣州府，茶油出多。

浙江：杭州、宁波，洋海货多；绍兴及兰溪，买卖颇大；长安镇，粮食颇众。

福建：近海洋货多；漳州、泉州，土产颇多；永春，烟交易颇大；崇安，茶交易大；永安贡川镇。

湖北：汉口镇，天下货物聚卖第一大马头；襄阳、黄州、荆州、沙市；巴河（出棉花）；郧阳出木耳。——以上各处买卖俱大。

湖南省：辰州，桐油出多；各府，粮食广出；芦林潭、腂州等处，交易颇大；湘潭县马头。

河南省：朱仙镇及怀庆，买卖颇大；各处颇出药材。

山东：东昌府、济宁、张秋镇、临清州等处，交易大。

山西：省上，买卖大；代州镇及大同等处，关外货聚交易大。

陕西：省上，交易大；兴安、凤翔等处，粮食、杂货、皮货买卖俱大。

甘肃：各属毡货及口外皮货，交易俱大。

四川：省上、重庆府，聚卖俱大；各府出米粮、药材。

广东省：近海及佛山镇马头，聚外洋各货极广；石龙、大镇、高州、梅绿镇，俱买卖颇大；各府土产多。

广西省：各府出金、银、铜、锡、铅、铁交易大；浔州，肉桂颇多。

云南省：各属出金、铜、铁，交易大；元江州、永昌府等处，买卖颇大；马龙州、扬林所（大口岸）。

贵州：各属出朱砂、水银、白蜡，交易颇大。

除了对数十个“各省买卖大马头”的记载外，《商贾要览》还指出：“外有各处小马头口岸，附于第六卷《天下路程》中可查。”对比大大小小“马头”的记载，不难看出明清时期经济地理布局及其嬗变的过程。例如，乾隆时人黄印曾指出，“尝有徽人言汉口为船马头，镇江为银马头，无锡为布马头，言虽鄙俗，当不妄也。”——从王士性笔下的“无锡之米”,到徽人眼中的“布马头”；从《商贾要览》中的“天下货物聚买第一大马头”到晚清的“船马头”，以及镇江“银马头”的出现，其中，究竟有过哪些继承与蜕嬗？这实在是治社会经济史者所当留心的课题。

不仅如此，关于“马头”的记载，还有助于考见明清时期民情风俗的变迁。譬如《五杂组》曾引书曰：“天下有九福：京师，钱福，病福，屏帷福；吴越，口福；洛阳，花福；蜀川，药福；秦陇，鞍马福；燕赵，衣裳福。”对照前述记载，这显然也是“马头”的另外一种表述。以京师三“福”言之，当时天下交易通行钱、银两种货币，京师水衡日铸十余万钱，但所行不过北至卢龙、南至德州的“方二千余里”间。过了德州，山东地面就是银、钱混用。再往南，闽、广则绝不用钱。银、钱虽然只是流通手段的不同，但拿美元与赚人民币毕竟仍有区别，它在一定程度上反映了区域经济发展、百姓生活水平的殊异。“用钱便于贫民”，这就是所谓的京师钱福。当时，因东南海外贸易的繁荣，白银大批输入中国，使得铜钱使用的范围不断缩小。《广志绎》中的“宁、台之鲞，香山之番舶”，以及《商贾要览》中所记的浙江、福建和广东各“马头”的“近海洋货”，正可作为银、钱流通范围的一个注脚。而“屏帷福”则可与“京师城隍、灯市之骨董”比照而观。此外，什么是“病福”呢？这曾让我百思不得其解。近读《李煦奏折》，见康熙硃批曰：“南方庸医，每每用补济（剂），而伤人者不计其数，须要小心。曹寅元肯吃人参，今得此病，亦是人参中来的。”（康熙五十年七月十八日，《曹寅病重代请赐药折》）当时，内务府一向有将人参交与织造及各关监督售卖的惯例。与曹寅接触最多的两淮盐商，也多有家居服用补药的癖好。有一首同时代的《扬州竹枝词》称：“夜舞朝歌结病胎，床头金尽色如灰，莫言苦口无良药，明日人参客到来。”这些“人参客”，十有八九就来自《商贾要览》中出产人参的奉天府。而在明代，关外及朝鲜人进贡的人参，最早便是供给京师的达官贵人享用。联想到时下市面上的这个“精”那个“膏”的，因服用不得法，不是也时常诱发如雌激素增多、早熟肥胖之类的诸多病症么？由此，便不难理解数百年前在皇城根下所享受的那份“病福”了！

清代有关“马头”的记载尚有不少。值得一提的是戏曲史家赵景深教授身后捐给复旦大学图书馆的《绘图最新各种时调山歌》辰集中收录的《新刻三十六码头》：

正月梅花报立春，文武官员在北京，当朝里奉徽州去，油车小工出长兴；

二月杏花叶来放，西山桥浪出得好绵绸，石门小布桐乡出，纱帽绫罗出苏州；

三月桃花处处红，珍珠宝贝出广东，珊瑚琥珀甘肃出，福建出得好响锣；

四月蔷薇叶儿青，三白好酒出绍兴，金华火腿兰溪出，山东出得好面巾；

五月石榴是端阳，锉刀锯子出南阳，细巧浦鞋藤桥出，细化（花）凉帽出丹阳；

六月荷花白飘飘，西兴灯笼故（固）然巧，白铜烟管云南山，杭州出得好剪刀；

七月鸡冠紫朱朱，紫皮甘蔗出塘锡，大红桔子真州出，花红杨梅出洞庭；

八月桂花阵阵香，扬州出得美娇娘，小脚姑娘村村有，大脚婆娘出凤阳；

九月金菊流地黄，梅溪出了好火缸，细花窑盏江西出，平窑出得好乌坛；

十月芙蓉赛牡丹，赤沙芦糖出台湾，鸡鸭黄莲四川出，有名人参出潼关；

十一月里雪花飘，山羊皮货出陕西，河南枣子长三寸，河北芽梨重半斤；

十二月腊梅冷清清，新市地面出灯心，洋绸汗巾湖州出，绉纱包头出双林。

镇江有座金山寺，扬州平山景致多，虎丘有块千人石，游人不绝多乎数，十里山塘真闹热，荡河船里姣娥多。

这首《新刻三十六码头》题作“清光绪间上海活字堂刻本”。不过，在同治七年（一八六八年）江苏巡抚丁日昌禁书目录中，就已有《三十六马头》一名,它与《新马头》和《上海马头》等，均属当时的“扫黄打非”之列。这些时调与前述有关“马头”的记载，颇可相互印证。值得注意的是，与《广志绎》相同，《新刻三十六码头》也是将物产与区域人群相提并论。如“当朝里奉徽州去”，当指“徽州朝奉”(《新编百草梨膏糖全本》也有唱三十六码头的，亦以十二月花为序，内容与上述《新刻三十六码头》大同小异,此句作“当典朝奉徽州出”）;“扬州出得美娇娘，小脚姑娘村村有，大脚婆娘出凤阳”则同时列举了“广陵之姬”和“凤阳乞丐”。关于“广陵之姬”，韦明铧先生有相当精彩的考证（见《扬州文化谈片》，三联书店一九九四年六月版）。只是有一点需要补充，“养瘦马”虽然主要是供仕宦商贾采选，但末等“瘦马”也满足了服务性阶层的婚娶。这是因为：明清的扬州城富甲天下，前来淘金的“民工潮”亦高涨不下。万历年间，扬城内外五方杂处，土著人口仅为侨寓游民的二十分之一。其中，自然是以男性占绝大多数，而且又以徽州的单身男子居多。明末清初丁耀亢笔下的第三等“瘦马”，“不叫他识字丝弦，只教他习些女工，或是挑绒洒线，大裁小剪，也挣出钱来；也有上灶烹调，油炸蒸酥，做炉食，摆果品的，各有手艺，也嫁得出本钱来”。(《续金瓶梅・游戏品》第五十三回）这些身怀一技之长的邗上女子，嫁给“打工仔”为妻，为之皓腕当垆，招揽生意。由于徽州盛行早婚的习俗，那些“新婚别”的潘甲们，寒夜孤寂，拥衾谁语？悠扬归梦，唯有灯见！故而一旦薄有积蓄，就在异地他乡另娶一房，由此形成了“两头大”的婚俗。（褚人获：《坚瓠戊集》卷一《弃旧恋新》条曰：“诗云：‘不思旧姻，求我新特。’诗刺弃旧恋新，下一‘特’字注云：‘特，匹也。’……今三吴所号为‘撞正’者也，俗谓之‘两头大’。”）从此，“哥哥”手中便又牵上另一根“荡悠悠”的“纤绳”，拉起了坐着两个“妹妹”的两只船。一旦用力有所未逮，等不到“日落西山沟让你亲个够”的一方便会明显感觉到彼此的情爱“在纤绳上荡悠悠荡悠悠”了，对薄情郎的怨尤亦遂雨花凄断般地呼天抢地——

未曾拆书先流泪，自把胸槌。蹬蹬金莲，咬定银牙，揉揉秋波，紧绉蛾眉，委曲诉与谁？想当初，佳期约定，桃红柳绿重相会，话无推委。到如今，碧云惨淡，黄菊生辉，西风紧急，北雁南飞，相思只把人的心想碎，怕入罗帏。可怜我废寝忘餐，意懒心灰，身子消瘦，菱花怕照，两鬓蓬松，朦胧合眼，魄散魂飞，命在垂危。想是你那秦楼楚馆，另有一个娇娇滴滴、齐齐整整人儿，与你成婚配，夫唱妇随，忘却花前月下，海誓山盟。人不回来，寄封书信，满纸虚词。你是尽把良心昧，何异王魁？

这首题作《未曾写书》的小调，是清初至道光年间风靡一时的“马头调”之一种。这一时期，正是江南三大政（河、漕、盐政）繁忙、运河沿线各“马头”转输贸易兴盛的时期。所谓马头调，顾名思义就是在各大码头上流行的诸多曲调。上述歌词中的“自把胸槌”、“委曲诉与谁”等，像衬字那样，另用小字记于句间。在内容上，常是引申前面词句的含义作一小结，极适于运用帮腔唱和。一些民歌时调集遂将之列入《马头调带把》一类——“带把”也就是帮腔。演出时，前台歌者曼节长声，后场众人悠徐唱和，由此产生出对不堪心绪的强烈共鸣。传唱这种时调的自然以曲中诸姬为多，主题也不外乎是凭栏罗帏梦迷晚潮之类的思妇闺怨。上述那首出自金莲银牙秋波蛾眉之口的“一封家书”，明显经过柳永辈纨茵浪子的刻意雕琢，俨然是从良窑姐的口吻。倒是一首姚滴珠们唱的徽州民谣更为朴实而真切：

悔呀悔！
悔不该嫁给出门郎，
三年两头守空房。
图什么高楼房？
贪什么大厅堂？
夜夜孤身睡空床。
早知今日千般苦，
宁愿嫁给种田郎：
日在田里忙耕作，
夜伴郎哥上花床。
……

一九九五年三月春日和煦于复旦园

未曾散尽的幽冥

宋押司悻悻然扬长而去，因走得慌慌急急，竟将紫罗鸾带、刀子和那性命交关的招文袋遗忘在床边栏杆子上。……阅毕“写着晁盖并许多事务”的纸书，移情别恋的阎婆惜遂将此书依原包了金子，还插在招文袋里，冷笑道:“不怕你教五圣来摄了去。”

《水浒传》楔子说到大宋嘉祐三年春间，天下瘟疫盛行，自江南直至南京，无一处人民不染此症。上述的“五圣”，就是与瘟疫有关的民间信仰；而它在最早，则被称作“五通”。

自古以来，江南地区就弥漫着巫鬼崇拜的迷雾，“五通”是冥冥众妖之一。宋代民间盛传，“五通”常变幻妖惑，化作鼠、猪、猴、蛇、蛤蟆和牛头鬼等，能使人乍富，故百姓奉为家神，以祈无妄之福。不过，倘若稍微改忤其意，暴得之财即被移夺，所以阎婆惜有“教五圣来摄了去”的说法。

推厥原始，“五通”亦称“木客”或“木下三郎”，其崇拜源于重峦叠嶂的徽州。宋代婺源有五通庙年市，可能就是与木材贸易有关的祭市。对此，朱熹曾指出，新安等处风俗尚鬼，朝夕如在鬼窟。其中的“五通”尤显灵怪，众人迎致奉事，谓祸福立见。一般百姓才出门，便带片纸入庙，祈祝而后行；不少读书人也出于从众心理，过五帝庙者，必书名帖称“门生某人”谒庙。

紫阳一生曾两度赴婺源展墓。一回到徽州，族人就反复怂恿他谒庙祈祝，为之婉言拒绝。当夜，族人打酒宴请老夫子，因酒中搀灰，乍饮之下，遂觉脏腑不适，夜不能寐。翌日，又发现有一条蛇偶然间出现在台阶旁，于是众人哄然，认为那是怠慢了神灵的缘故。

此后，“五通”信仰更趋盛行。元末明初，出现了《五显灵观大帝灯仪》。“五显灵观大帝”亦即“五通”，据称其威力行于三界，慈悲普渡众生；灯仪内有启白、赞咏等仪法，今收入《道藏》“洞真部”的“威仪类”。传说，明太祖既定天下，大封功臣，梦兵卒千万罗拜乞恩，遂命江南人各立尺五小庙祀之，俗谓之“五圣庙”。这种庙宇后来与“五通庙”或“五显灵官庙”逐渐混淆，从此，委巷空园，屋檐树下，鸡埘猪圈，皆有此类小庙。对五通神的信仰，竟然成了此后的“吴俗三好”之一，“虽士大夫不免”。（阮葵生：《茶余客话》卷八）置身于巫氛鬼雾中的不少读书人，亦如入鲍鱼之肆久而不闻其臭，早已把“敬鬼神而远之”的圣人教诲抛诸脑后！

在吴俗的核心地带——苏州，“五通”、“五显”、“五圣”诸神，为民间家祀而户祝。民间传说五通神居留于城西的楞枷山，远近百姓趋之若骛，楮陌牲醪相望于道，钟鼓铙钵不绝于耳，每年在祭神上的耗资常达数十百万。特别是那些商贾市肆中人，盛传称贷于神可得厚报而致巨富。于是，妖邪巫觋乘机散布种种神迹怪诞，引诱无识小民顶礼膜拜。这种作为“吴俗三好”之一的五通神崇拜，在普遍的物欲躁动的晚明社会，成了江南一带甚嚣尘上的民间信仰。当时有位福州人谢肇淛就曾经指出，十七世纪初的巫觋以江南为盛，而江南又以闽、广为甚，“少有疾病，即祷赛祈求无虚日”（《五杂组》卷六《人部二》）。

五通神在福州亦称“五帝”，榕城内外，依水者称“涧”，在陆者称“殿（庵）”，皆祀疫神。每年从夏初至秋末，各个五帝庙均要举行一次驱瘟运动——“出海”，意即恭请五帝驱遣瘟疫群鬼而出于海外。届时，各里社都要醵钱扎竹为船，糊以五色绫纸，内设五帝神座及属下诸神，并备置精致的器用杂物，鸣螺挝鼓，沿途狂奔，至河沿或江滨将舟焚化。这种迎神赛会虽然造成了社会财富的极大浪费，但通过寄情表意的行傩仪式，却能使得群体中潜藏着的对瘟疫的苦恼和恐怖得以暂时的缓解，从而获得心理上的慰藉和超脱。

不过，“五帝”信仰并没有停留在超自然的愿望这一层面，而是将虚幻的愿望积淀而为日益活跃的社会活动和民俗传承——它通过一系列普遍一致的操作仪式和禁忌戒律约束信仰者，从而起到了强化群体联结的社会效应。这具体表现为民间信仰结社的日趋严密，使得地方乡里组织逐渐游离于官方的控制之外。瘟神五帝亦称“五灵公”，各冠以显、应、宣、扬、振之谥。每年五、六月间，行傩禳灾，设衙署，置胥役，收投词状，一如官府。地方无赖神棍溷迹其间，藉机敲诈勒索。顾禄的《清嘉录》就曾记载吴中一带“解天饷”的惯例——每年春间，各乡土地神庙收纳阡张、元宝，俗呼曰“钱粮”；而司理香火者催促属境内的居民献纳，则称为“催钱粮”。旧时代的福州，每年六、七月间里社也要定期“补库”，家家以楮镪奉献；庙祝则持筐鸣钲，挨户收集。显然，无论是“解天饷”还是“补库”，与官方征收赋税的方式如出一辙。它们以神明旨意的面目出现，百姓焉得不从？闽中素有“神灵庙祝肥”之谚，由此人们不难悟出其中的奥妙！更有甚者，乡曲无赖醵钱出贷以备赛神，号称“香会”，与高利贷相同，无力偿还者甚至因此典妻鬻子而倾家荡产。

鉴于江南一带城乡居民生活空间的重新组合对封建基层政权及社会安定带来的威胁，清代曾展开大规模的查禁运动。康熙年间的江苏巡抚汤斌，就曾撰有《奏毁淫祠疏》，力陈五通信仰的种种祸害，并将神像投诸太湖，严禁百姓奉事。流风所及，福州官方也采取了同样的步骤。但在瘟疫如影随形、民间信仰甚笃的背景下，百姓生怕开罪神明，多将五帝附祀于武圣关帝庙中，榜曰“武（圣）庙”。此后，五帝“淫祀”虽然历经查禁，但却愈趋盛行。尤其是每年夏、秋之际，“送神迎神解神怒，会掠金钱十万户”，迎神赛会敛取了民间大批的钱财，使得各里社均积累了相当规模的庙产。

面对着庞大的庙产，本世纪三十年代，福建地方当局制定了监督寺庙条例及实施办法，规定寺庙应出资兴办公益慈善事业。一些有识之士进而提出，应提倡废庙兴学，将寺庙财产提充学校基金。这样一来能限制寺庙的发展，二是可以补充教育经费之不足。而后者的充实，又将极大地开启民智，促成前者的自我消解。当时的一些学者和民俗研究机构，也对困扰民间的诸多幽冥神怪从民俗学的角度加以比较科学的诠释。此后，随着城市环境的改善，医疗水平的提高，加上一九四九年以后对破除迷信的宣传，昔日威灵显赫的冥冥神怪似乎在人群日益稠密的城市中已再无容身之地了。

然而，一度沉寂的民间诸神，并不曾完全退出偏街僻巷，而是伺机以新的态势卷土重来，这令人尴尬地记起了七十年代前期风行的那句老话——“屋檐下的洋葱头，根焦叶烂心不死”。

今年寒假返乡度岁，不经意间竟然看到了一座崭新的五帝庙。令我不解的是，五帝庙宇即使是在传统社会也是有百害而无一利、不登大雅之堂的邪神淫祠，现在居然在庙额上堂而皇之地标着“古迹 ×××”的字样（而且,近年来新修的一些庙宇，几乎无不冠之以“古迹”，大有屙屎也碰上“古迹”之势！更让人迷惑的是，报刊上的一些所谓的“文化、民俗研究”的成果，竟然也成了这些“古迹”应予恢复及扩大的重要依据，被庙祝得意洋洋地张贴在寺庙前）。真不知过去曾经有过的，是否就称得上是“古迹”？这倒教我想起了狂人的那句诘问——“自古如此，就对么？”

此座五帝庙位于闽江之滨，在旧中国这一带因地势低洼常年疫病流行，故而弹丸之地竟有八个里社，畴昔时日迎神赛会极为频仍。新中国成立后庙产改为小学，五帝的土木偶像只好蜷伏在阴暗的角落感喟着昔日的煊赫——迄至今日，虔信（？）五帝者言及此事，意中颇有些忿忿然！想来也并不奇怪，近年来江南各地“古迹”与小学打官司的新闻，不是也屡屡在传媒中曝光么？

目前展现在我面前赤刮喇新的“古迹”，是近年来易地重修的。中塑五灵公中的一位（“显灵公张元伯”），两侧各有七爷、八爷、孩儿佛、保长及财神等，锦帏绣幕，灯烛辉煌。七爷、八爷原是手持火签、牌票的一对阴差，其角色犹如江浙一带令人骇怕的黑、白无常。现在庙中所塑的形象，虽然与半个多世纪前《福州考》（日人野上英一编）中所见到的“七爷”、“八爷”大体相仿，但在他处社境中看到的“七爷”画像，手里分明还持着“一见生财”的牌票。它与“财神”一道，或许正折射了社会转型期在物欲诱惑下市井心理天平的倾斜？

五帝庙旁还有一座两层楼的“奎（魁）光阁”，正在施工之中。在庙外不远处，则反躺着旧时用来迎赛的一艘龙舟。福州素有“南国衣冠三楚俗”、“闽疆不改楚山河”之谓，迎神赛会的龙舟，自然也勾起了此前所见南方某省“祭龙”仪式的场景。据说，此项“民俗”活动是为了纪念战国时期投江自尽的某个伟人，但从电视画面上看，较之一般的龙舟竞渡已大为走样——人们看到更多的倒是与本事无关的一些侧面。桂酒椒浆，酒醴粢盛；羽衣黄冠，烧香上章，净坛敕水，步罡踏斗。在音乐、灯烛等仪范程式的衬托下，“和尚队”、“尼姑队”成行逐队……其名目和规模不仅复苏了“台阁”迎神的历史记忆，而且较之旧时代还多出了现代化传媒的着力渲染。而且，也就在这块需要“希望工程”重点扶持的土地上，是否该给设醮登坛、驱役鬼神的师公、巫婆发放正式的从业凭证，居然在报纸上公开争论——此事下文如何不得而知，但既然至少默许某些师公、巫婆可以回死注生、消灾度厄，那么，此外的方士又何尝没有禳却氛邪、解销灾变的“法力”？于是，下述的场景也就毋须愕然了：

据某省统计，近一年多来，全省未经批准新建的寺庙就有四十八座。这还不算最多的。有个县近年来修建的中等规模以上的庙宇就达一百二十一座。有些地方，几乎村村有庙，有的村还不只一座，什么土地庙、山神庙、城隍庙、关帝庙等等竞相而起。有个村甚至把庙建在村办小学校园的中央，每天前来进香者络绎不绝；到了初一、十五，更是热闹，搅得小学生们不能正常学习。此风也刮进了某些中小城市。有的城市，即使在一些小街小巷，也可见到不知叫什么的小庙香烟袅袅。

乱建庙宇耗费的人力、财力是惊人的。即使是建一个不大的庙，也需要几十万、上百万元。据有些县市估算，近几年建庙所耗费的资金远远超过了建设学校的资金。修建校舍没有钱，教师和机关干部的工资都发不出，庙宇却建得雕梁画栋，富丽堂皇。……（见《人民日报》一九九四年六月二十日潇雨文）

“××庵”是知道叫“什么”的小庙，庙前台阶上有一则《敬告》相当耐人寻味——

××庵五位灵公神庙建造以来，在神明庇佑下，全乡风调雨顺，兴旺发达，为了××庵祖殿更加雄伟状（壮）光（观），使××庵众神明更加威严，在神明旨意下必须完成几件事：

一、扩建一座两层楼殿，并将原神庙扩建。

二、塑壹尊××庵五灵公张公爷软身，范、谢俩将军神像两尊。

三、立一面石碑，将众弟子做功德载入史册，留（流）

芳百世。

以上几件事望 ×× 八社众弟子相互转告，同心协力，有钱出钱，有力出力，共同来振兴 ×× 出一份力量，使 ×× 庵祖殿不断雄伟壮大。

……

以下是捐款者的名单，据说这些钱款都是自愿捐献的。但近年来传媒屡有报导，福建一些地方在修建神庙、上演菩萨戏和迎神赛会中，由神庙"董事"或"老人会"挨家挨户按人头收取钱物，然后发给一张"黄符"以资凭据，俗称"黄条子"。这种摊派在部分农村地区所造成的沉重负担，甚至超过了前几年政府打给农民的"白条子"！尽管"黄条子"是民间行为，也未必有什么强索恶化的现象，但它既以神明旨意的面目出现，又有谁敢拒付摊派呢？这种现象原先只在经济比较发达的农村盛行，如今则已蔓延到城市。在一些老街区，各类"古迹"屡有所见，师公、巫婆重操旧业，藉着"神诞"、"佛诞"之名，从事各类非法（？）的神事活动。（参见《华商日报》一九九三年八月二十日郭成荣文）

新春时节，走在一条纡曲的小巷上，数百米的巷陌两旁皆是香铺和命馆，这里是尽人皆知的"古迹 ×××"之所在。一根特大的香柱，售价约在百元上下，需要由香铺伙计代扛着架到"×××"前焚烧，烧香者只要用红纸在香柱上贴上"弟子某某……"，据说便可传心达信，上感真灵。走到近处，熏人的烟雾刺激得人眼泪汪汪，一位壮汉正用长长的铁杆搅动着硕大的香炉中的冥纸、香灰。我四顾茫然，周围的人都忙着焚香、掷筊、叩首，其中也不乏戴着眼镜的年轻人。说真的，空气中弥漫着的那种虔诚，甚至足以让旁观的凡夫俗子如我，陡然间也萌生出对神灵的一份敬畏！蓦然回首间，当地的一则通告赫然在目。原来，节间此处的交通管制已成惯例，烧香之人众多当可想见！不过，此种狂热的场面听说还远远及不上莆仙某地的 ×× 庙。

福建是个开发较晚的地区，这里广泛流行着女性崇拜。诚如谢肇淛所言，福建人尚鬼而好巫章，所祷诸神“皆里妪村媒之属，而强附以姓名”。(《五杂组》卷十五《事部三》)在历史上，各地的巫觋不胜枚举，如今大部分已成岁月过客。但也有一些夤缘际会，升格而为御灾捍患的圣灵。莆仙一带的女巫 ××，闽东的女巫 ×××，都是其中的佼佼者。由于在近数百年来的海外移民中，莆仙、闽南及粤北的移民远远超过闽东北，故 ××× 的势力远远敌不过 ×× 的影响。现在海内外信仰“××”的人相当之多，据说对“××”的崇拜已成为海峡两岸民间交往的一个重要方面。在这种形势下，既然规定“××”可以信仰，“×××”自然也就不甘寂寞；有“×× 文化热”如火如荼，“××× 文化”亦在骤然加温。此外，海外归人对其他冥冥神怪的恋旧也大有人在。于是，在崭新的“古迹”中，众多的土木偶像都带着“前度刘郎今又来”的神情粉墨登场，雄踞于神龛之上，心安理得地享受起民丰物阜时期的人间烟火，嘴角边分明还挂着对世纪初以来纷纷攘攘破除迷信的一丝嘲讽！这让人着实打了一个寒颤——阎婆惜的那声冷笑，在世纪末的今天果真会应验么！？

聚落与社区民间信仰的研究，因其触及传统中国的社会结构而备受中外学者的重视。对江南三角洲、皖南、华南等地的聚落与社区，此前均有学者进行着长期、扎实的社会文化史的调查及研究。为了撰写《近六百年来自然灾害与福州社会》一书，去年寒假我曾四处搜集乡土民俗史料，其间也跑过于山图书馆——拾级而上，半山腰不知何时新添了一座露天搭建的庙宇。正对着阅览室的大门设坛摆供，上面堆满了“福橘”之类的时果芳馔。近旁一对善男信女正首下尻高，焚香顶礼；远处步虚声声，仙乐阵阵，甚觉不堪其扰！今年寒假正值此书定稿，重游于山，却发现楼台殿阁竟已是连绵不绝。触目所及，皆是神像凛然法器琳琅旗幡飘扬灯烛长明。透过氤氲的香火，“×××”神像两侧的一则对联格外醒目——

金碧帝居新，一朵红云长拱护；
馨香仙麓旧，万家黔首共趋跄。

而原先简陋的报刊阅览室却早已关门大吉，搬迁他处（何处？），只有郭沫若题写的“于山图书馆”牌匾，还失神地高悬于袅袅的灵香中……

作于一九九五年初春

[附识]

圣人朱熹不谒五通庙而闹肚子，有一“向学之人”前来说项，云“亦是从众”。夫子坦然曰：“从众何为？……此去祖墓甚近，（五通）若能为祸福，请即葬某于祖墓之旁甚便。”但他在另一场合似又心存顾忌：“人做州郡，须去淫祠；若系敕额者，则未可轻去。”在下一凡夫俗子，观时下诸多祠宇虽无“敕额”，但皆有“自古如此”的“民俗”、“文化”或其他背景。故文中多有“××”或“×××”者，此间的难言之隐，看官诸位想来自会体谅！

学究慨世

大概是在清代吧，有一出戏风靡北方。戏是保定的一位廪生所编，名叫《教学》。戏中一读书人找不到教书的馆地，饿得饥肠辘辘，于是手拿仿圈，用镇纸在街上敲动，大喊教书，以广招徕。上场的开场白是：

斯文不值钱，饿得眼发蓝，
有人成了馆，便是救命仙。

所谓“成了馆”，也就是找到了教书的地方。他接着唱道：“买卖人吃的是香油白面，小炉匠在一旁锔碗锔盘，惟有我读书人无衣无饭，饿得我一阵阵腰痛腿酸。陈仲子三咽李螬食过半，孔夫子有陈国绝粮七天，君子人固其穷小人斯滥，莫不是天丧予就在眼前。”

正说着，一老农夫上场，碰巧要请一位先生，两人一拍即合。不过，农夫有几条附带条件。他首先唱道：破庙中一间房作为书馆。

读书人旁白：在陋巷人不堪，回也不改其乐，这正是圣贤所为——有何不可？

老农唱：睡觉时盖稿荐枕一大砖。

旁白：曲肱而枕之，乐在其中矣——有何不可？

老农唱：小学生遇落雨要背来背去。

旁白:此非挟泰山以超北海之类也，轻而易举——有何不可？

老农唱：在佛前带敲磬不得偷闲。

旁白：敬鬼神而远之，正是圣贤所为——有何不可？

老农唱：每日里有三餐只是稀饭。

旁白：我非图哺啜者也——有何不可？

衣食住行条件艰苦，当先生兼作保姆庙祝，条件固然苛刻，读书人慌不择路饥不择食满口应允。不过，老农最后还有一个要求，那就是:吃稀饭拉稠屎，一日三筐，筐筐挂尖。读书人曰：我亦有一条件。老农忙问有何条件，他说：我目不识丁，可以不可以？老农答：这倒可以将就。

在明清时期，私馆在全国各地都有，倡办者多是举人，贡生、廪生亦偶尔有之。即使是教最初级的学生(当时称为"开蒙"和"开读")，也还必须教他们认识方块字，念《三字经》、《百家姓》、《千字文》和《四书》之类。至于说教馆的对象如果是"开讲"、"开笔"之类的高级学生，那对先生的要求就更高了，所以不识字的私塾先生应当是没有的。戏文中的旁白所引都是四书中的句子，说明这位读书人绝非目不识丁。不过，个中所反映的私塾先生的待遇，却是北方各地极为普遍的现象。

北方原是中华礼乐文明的发源地，具有相当高的文化水准。然而，自从公元十世纪以来，先是契丹，接着是女真，而后又是蒙古人，一茬接一茬地鱼贯而入，统治了中原将近四百年的光景。从此，北方文化陷入了一种空前的困境。尤其是那位"一代天骄”和他的凤子龙孙，一直忙于攻城略地，构筑欧亚大帝国的美梦。出于游牧民族的思维惯性，甚至有人建议要将中原土地改建成牧场，一展其“弯弓射大雕”的宏图。在这种情势下，植根于农耕社会的传统礼乐文明，对他们而言究竟还有什么用处？于是，“九儒十丐”成了社会上臧否人物的标准，教育也就受到整个社会的普遍忽视——

> 不读书最高，不识字最好，不晓事倒有人夸俏。老天爷不肯辨清浊，好和歹没条道。善的人欺，贫的人笑，读书人都累倒……
>
> ——［元］无名氏：《朝天子·有感》

读书人确实都累倒了！到明代开国之后，居然发现儒家的基本经典在北方各省普遍奇缺，奇缺的程度甚至连无赖出身的朱洪武都颇感震惊。因此，明太祖和明成祖在位期间，都曾一再下令调集南方的四书五经，分发给北方的学校。然而，长期不重视教育所形成的文化断层，却不是短时间内所能愈合的。直到清初，游历天下、并在北方生活过多年的著名学者顾炎武，还不无忧虑地提及北方的“二患”，即“田荒”和“人荒”。(《日知录集释》卷十九《北卷》）所谓“人荒”，也就是人们今天说的青黄不接的人才断层。可惜的是，在读书人眼里顾亭林虽然高山仰止，但他的疾声力呼，在肉食者听来不过是人微言轻的迂腐之见。看来人们更关心的是能够短期见效的“田荒”问题——每逢朝代鼎革、新主登基，正史、实录和会典等官方史料，都不厌其烦地详载历年耕地面积的增加，也就是荒田的重新开垦，以炫耀“盛世”的德政。至于一般的无识小民，也就步亦步，趋亦趋，乐此不疲。《醒世姻缘传》第三十三回说，山东有一种营生是拾大粪，“整担家挑将回来，晒干，轧成末，七八分一石卖与人家去上地”。由此我恍然大悟——《教学》戏中的那位老农，你说他不注重智力投资吗，他还是请了先生，似乎也有意解决“人荒”问题。但实际上，请来的先生要与解决“田荒”能直接挂上钩才行——他主要着眼的是如何多攒大粪，以此为准绳，先生自然是只要能拉稠屎就成，学问如何倒在其次！这样的“办学方针”，真地能培养出“跨世纪的一流人才”？难怪十七世纪的顾炎武会有“无田甫田，维莠骄骄”的感叹！也无怪乎过了一个多世纪以后，龚自珍仍在吁请悠悠苍天“不拘一格降人材”！

稍后于顾炎武的著名小说家蒲松龄曾指出，在他的家乡山东，私塾蒙师的素质和教学质量，令人叹息不已。他以阅历中人现身说法，作有一首白话韵文，题目叫《学究自嘲》。韵文一开头就这样写道：

暑往寒来春复秋，悠悠白了少年头。
半饥半饱清闲客，无枷无锁自在囚。
课少父兄嫌懒惰，功多子弟结冤仇。
有时随我平生愿，早把五湖泛轻舟。

蒲松龄一生常年充当乡村学究，除了在才人狐鬼悱恻缠绵的虚构中潇洒地走过一回外，从来不曾得遂泛舟五湖的平生之愿。他有不少著作，都真实地反映了私塾先生的命运遭际，这首白话韵文更是最为典型的一种。

比起上引那出戏的读书人要幸运些，《学究自嘲》的主人公一出场就是正月灯节过后，也算是开门大吉吧，“新岁东家来请我，蚂蜡驴驼着癞呆货”。“蚂蜡驴”大概是山东方言，指的是很小的意思；“癞呆货”则指没有学问的人，普通作不称职用。这两句为人们勾勒出一幅反差强烈的画面：在一元复始、万物欣欣向荣的早春时节，矮小的毛驴驮着个一脸菜色、瘦骨嶙峋（在下可以肯定，不会是位面色红润、脑满肠肥的壮硕汉子）的冬烘学究，面对着沿途的盎然春色，似乎无动于衷——“心内揣摩，心内揣摩，今年东主更如何？问来人，说是也不错。”

等到了东家，学生前来磕头，主人相与拱手寒暄喝酒，也算尽过了贽见之礼，但东家主人的性情还是难以揣摩。“上了学以大后，东家全不把影凑”。“以大后”也就是很长时间以后，主人连面都不曾再见过。笔者私下揣度，或许，东家只是在夜深人静时蹑足潜踪、悄悄地来到茅坑边，看看三筐里的稠屎是否“筐筐挂尖”。至于学究的学问如何，教学质量又怎样，那倒也无所谓。

较之戏文中的那位“三餐只是稀饭”的老农或许要慷慨些，蒲松龄笔下的东家似乎倒是让学究吃上干饭，不过，“俱是济饭不济人，那（哪）管先生够不够。都说俺这东家好，谁想是块拧筋肉”。根据此前笔者的推断，学究既非壮实汉子，想必饭量不至硕大无朋，由此反衬出那块“拧筋肉”之纤啬刻薄。

不过，你要说东家完全不体恤学究，那也说不过去。二月仲春，大概是春光明媚的时节，如果是在现代，一定是放春假的日子。“先生馆中好闷哉，闲散心，欲把朋友拜”。学究处馆，虽然心猿牢锁，怎奈意马难拴。承蒙东家恩准，快去快回，“去得快，来得早，喜坏了东家老——这个师傅想是好，轻易不肯出学门，工夫一定做不少。明日咱就出豆腐，管这日的一个饱。”“出豆腐”，是指北方乡间常自己制豆腐。在古代，农家一年内难得吃上肉，想解馋只能吃些豆腐。当时有“纵口腹之欲，打半斤豆腐”的说法。（齐如山:《中国的科名》）“日的”应作“合”，骂人用语。由此人们仿佛看到，“拧筋肉”似的主人恶狠狠地一跺脚，不惜倾家荡产，下决心豁出一块豆腐奖励一下这位尽心尽责的优秀学究。在改善学究待遇的同时，挟杂着一句“日的”，倒也衬托出古人粗野的质朴和直爽的可爱。

好不容易捱到“三月清明到”，到了该发束修的时候了。“先生馆中暗计较，黄边钱，想得两三吊”。“黄边钱”也就是铜钱。据晚明时人谢肇淛描述，自明代中叶以来，由于南方海外贸易的持续发展，当时的外币——白银大批地输入中国，使得铜钱使用的范围不断缩小。到万历年间，山东就是银、钱混合流通的地区。（《五杂组》卷十二）及至清代，山东市面上含金量较高的是细丝白银，黄边钱则是不太顶用的通货。然而，束修虽然微薄，但寒酸学究已是“心乐陶陶，心乐陶陶，打算籴米又治烧”。“烧”也叫“烧刀子”，是自元代以来盛行于北方的烈性酒。看来，学究早已做好了拿到束修后的预算——除了买米喂养嗷嗷待哺的妻儿老小外，自己也想咪上一顿，奢侈一番。但左等右等，直等得“满腹心焦”，还是“神思徒劳”。士人的矜持，又自觉必须“顾体面，恁好开口要！”主人自然是不慌不忙的——“东家说是款款着，无奈何，只附干赔笑”。“款款”，是指因经济困难，再宽限几天，俟充裕后即照办，故曰“款款”。常言道“敢怒而不敢言”，此乃弱者之常情。学究辛苦数月，拿不到钱，不仅不敢言，甚至不敢怒，还要干赔笑，或许正是吃准了读书人的这种懦弱，主人才故意拖上数月半载的。

拖欠学究束修，虽然开了一个极为恶劣的先例，但在东家看来并不值得大惊小怪。只是我担心，学究“今日当了裤，明日当了裙”，时逢落雨纷纷的清明时节，当了裙、裤后的先生又如何为人师表？

好不容易过了清明时节的“倒春寒”，转眼就到了初夏的四月间，“长天老日好难挨，过一天，如同三秋迈”。虽然日子是一天天地长起来，但东家供应的馆谷却一天天地逐渐衰少。阳光照在东南隅时吃的早饭，要到晌午太阳西斜时才吃中饭。吃的又是卷着曲曲菜（一种可食的野菜）的粗面饼，过不了多时肚子就咕咕作响。这时候的学究，既然吃的是与和尚相似的长斋，也就脱口而出“南无弥陀佛，从今受了戒”。想来用不着先前的那位老农叮嘱，他也会“在佛前带敲磬”，恪尽“敬鬼神而远之”的圣贤所为。到了这种窘迫的境地，学究不由得想起了圣人的教诲：

> 圣贤千言万语叫那读书人乐道安贫，所以说“饭疏食饮水，曲肱而枕之，乐在其中矣”，“一箪食，一瓢饮，……不改其乐”，“泌之洋洋，可以乐饥”，“并

> 日而食，易衣而出，其仕进必不可苟”。我想说这样话的圣贤，毕竟自己处的地位也还挨的过得日子，所以安得贫，乐得道。但多有连那一亩之宫，环堵之室，负郭之田半亩也没有的，这连稀粥汤也没得一口呷在肚里，那讨疏食箪瓢？这也只好挨到井边一瓢饮罢了，那里还有乐处？孔夫子在陈，刚绝得两三日粮，那从者都病了，连这等一个刚毅不屈的仲由老官尚且努唇张嘴，使性傍气，嘴舌先生。孔夫子虽然勉强说道“君子固穷，小人穷斯滥矣”，我想那时的光景一定也没有甚么乐处。倒还是后来人说得平易，道是“学必先于治生”。(《醒世姻缘传》第三十三回)

好一个“学必先于治生”！学究终于认识到，如果连卷着曲曲菜的粗面饼都不能管饱，那么，古哲圣贤所强调的道德修养是不是有点迂阔？到那时，不仅是小人斯滥，即使是君子也难固其穷了。于是，有点家底的读书人兑些银两，外出跑单帮，到苏、杭一带批发些时调话本淫词艳曲，满足有钱人家食欲之外的其它原始饥渴；至于穷困潦倒的秀才，只好也干起拾大粪的勾当，搞点“创收”。这难道不是斯文扫地么？最后，剩下的是些三尺微命、百无一用的读书人，“不教书，可也无的干”。思前想后，还是留下吧，只是希望拖欠的束修早日发下，馆谷待遇也有所提高。

至于拖欠束修、馆谷渐衰，东家都可以找出许多充足的理由：一是因主人家经济困难，前文已经谈及；再者就是年景饥荒，不仅猪肉无人卖，就是葱韭和蒜薹也买不到。杏花村（假设的酒店名）离得又这么远，所以馆谷只好差点喽！就东家而言，不管是督课子弟，还是积攒大粪，无论是出于什么样的目的，他还是希望学究能安于教馆，不要“跳槽”或“下海”。不过，大概是急于要让先生“休把馋癖害”，话说漏嘴了，一下泄露了天机：“东邻家杀猪，西邻家宰羊，酒肉不到口，日日却闻香。”原本想说尽管闻的不是韶乐，但先生想来也可“三月不知肉味”。不料想却反证了年景饥荒云云，全属谎话！

直到五月端阳节，学究才时来运转。主人家送上黄边钱“一抗”（制钱用绳子串的，多时可用肩抗着），又送了枣儿粽之类的一大筐节敬。一下子，真地让学究一家欣喜若狂——“喜坏他师娘，喜坏他师娘，东家多情怎么当！嘱来人，十倍多拜上。”想来师娘总是位心肠很好、容易被感动的妇人，“投之以木桃，报之以琼瑶”，于是，她赶紧捎话给学究说，主人的“情谊难忘，情谊难忘，用心教他小儿郎，读得好，也是你名望”。如果翻成白话文，意思是——得到了怎么样的关怀和照顾，所以不要辜负了人家的殷切期望云云。但仔细想来，本来是主人应有的贽敬，现在补发了束修，倒好像是额外的恩惠似的。其实，乡村学究对生活原本就没有过多的奢望。你看，这位学究拿到一抗黄边钱后，“沽上一壶酒，买个咸鸭蛋，俺也做个自在仙”。在学究眼里，咸鸭蛋犹如冰糖葫芦之于《霸王别姬》中的小癞子，实在是一种相当奢侈的享受；如果再灌下数两烧刀子，的确可以让人晕晕乎乎地飘飘然起来：“到而今，世道反，重财利，敬衣衫，师傅绰号叫‘穷酸’。谁想也有这一番。”仿佛此前所受的种种委屈，都可以一笔勾销似的……

就在蒲留仙数着黄边钱嚼着咸鸭蛋啜着烧刀子云里雾里的同时，在南方的一些商业城镇，虽然是否真的有资本主义萌芽破土而出迄今仍是仁智互见，但大款们却实实在在地富得流油，他们在暴得的横财面前简直是手足无措：

> 扬州盐务，竞尚奢丽，一婚嫁丧葬，堂室饮食，衣服舆马，动辄费数十万。有某姓者，每食，庖人备席十数类，临食时，夫妇并坐堂上，侍者抬席置于前，自茶面荤素等色，凡不食者摇其颐，侍者审色则更易其他类。或好马，蓄马数百，每马日费数十金，朝自内出城，暮自城外入，五花灿著，观者目炫。或好兰，自门以至于内室，置兰殆遍。或以木作裸体妇人，动以机关，置诸斋阁，往往座客为之惊避。…有欲以万金一时费去者，门下客以金尽买金箔，载至金山塔上，向风扬之，顷刻而散，沿江草树之间，不可收复。又有三千金尽买苏州不倒翁，流于水中，波为之塞。有喜美者，自司阍以至灶婢，皆选十数龄清秀之辈。或反之而极，尽用奇丑者，自镜之以为不称，毁其面以酱敷之，暴于日中。有好大者，以铜为溺器，高五六尺，夜欲溺，起就之。一时争奇斗异，不可胜记。（李斗:《扬州画舫录》卷六）

身居僻野乡村的蒲松龄是否听说过扬州盐商的奢侈和繁华，

笔者不敢臆测。不过，他一定看到过“吃香油白面”的买卖人，一定见到过“锔碗锔锅”的小炉匠，也一定看到过“无衣无饭”的读书人。顾影自怜，只好借他人之酒杯，浇胸中之块垒——让自己笔下一位逃学的顽童，道出内心的酸楚——“世界万般皆上品，惟有读书是下流。”（《逃学传》）这种下层文人的心声呐喊，迄今听来仍感撕心裂肺！

太平盛世的十八世纪过去了，迎来的是十九世纪的多事之秋。晚清时期地处五口通商前沿的福州，有一首《慨世》白话文这样写道：

> 风俗衰，由于轻读书而重生意。自铁钱行而寒儒起饿。写红丹糊口，单柯者卖犍卖担，束修那几节都毛。柴米莽百般昂贵。店头好过，广东帮南北，七处都叫大商家。当前石腹文章，反说书呆厌气。万般皆上品，唯有读书低。何日回春也！

这首榕腔白话文是用闽中方言书写的，文末一句话既有徒唤奈何的倾诉，又有殷殷期盼的憧憬。这位“石腹文章”（一肚子学问）的读书人大概终生都不曾盼到“回春”的日子，否则，《教学》一戏何以不曾出现这样一段结尾？——或许有一天，老农多收了三五斗，忽然良心发现，于是乎，先生被请出了危旧的破庙，类似于喝稀粥屙稠屎那样的要求从此不再提起！

一九九三年初秋

西洋镜中的文化变迁

梁实秋有一篇散文叫《窗外》。他写道，窗子是一个画框，由此望出去可以看见一幅风景画。那幅画是妍是媸，是雅是俗，是闹是静，那就只好随缘了。当时，梁氏侨寓海外，栖身“白屋”楼角，抬头见窗看到的自然是“一幅幅的西洋景”。因此，散文写的窗外所见，“大概近似北平天桥之大金牙的拉洋片”。

“大金牙”（焦金池，河北省河间县人）是旧时代北平天桥的“八大怪”之一，“拉洋片”是他的拿手好戏。“拉洋片”系民间文娱活动中的一种玩艺，是将一些画片挂在箱子里，箱子前面留有几个大圆孔，每孔装上一个凸面镜，观众从透镜中看放大的画面。看完一片，拉去一片，再看第二片。若干幅画片左右推动,周而复始,所以也叫“拉大片”(拉大画儿)。片上的画，以杭州西湖风景最为普通，最早又称“西湖景”。后来画片多是西洋画，故而也叫“西洋景”。

由“西湖景”到“西洋景”，从名称上看虽然只是“找一个字代替”而已，但“画框”内布景的变化，却浓缩了近数百年来东南城市文化变迁的历史，辑集了对世相心态的传神写照。

说起“西湖景”，明初刘伯温题玉涧和尚《西湖图》中的一句诗颇堪寻味：

大江之南风景殊，杭州西湖天下无。

看到“大江之南”四个字，一幅画面便悄然萦回脑际：暮春三月，莺飞草长，杂树生花，……在我想来，画框中所取之景，大较类此。而且，这一画面“黄金分割”出的醒目位置，一定便是令人浮想联翩的西湖胜景。

“西湖景”所在的杭州，自入宋以后，闾阎康裕，佳境弥章，繁盛程度在东南一带首屈一指。经大运河南来北往的四方宾旅无不渴想湖景——“游遍江湖未到杭，不知人世有天堂”的诗句，便映照出雨色空濛晴光滟潋的杭州西子在世人心目中的地位。南宋祝穆《方舆胜览》载，时人以“平湖秋月”、“苏堤春晓”、“断桥残雪”、“雷峰夕照”、“南屏晚钟”、“曲院风荷”、“花港观鱼”、“柳浪闻莺”、“三潭印月”和“两峰插云”为十大湖山胜景。南宋画家便时常以此为题，运笔敷色，创作山水图画。及至明代，田汝成在《西湖游览志余》中指出：

西湖之景，天下所稀。《扪虱新话》云：“苏东坡酷爱西湖，其诗云：‘若把西湖比西子，浓妆淡抹总相宜。’已曲尽西湖情态。又诗云：‘云山已作蛾眉浅，山下碧流清似眼。’是更与西子写真也。”宋时有张秀才者，江西人，骤见西湖而叹曰：“美哉！奇哉！青山四围，中涵绿水，楼台相间，而西湖面目尽见矣。”正德间，有日本国使者经西湖，题诗云：“昔年曾见此湖图，不信人间有此湖。今日打从湖上过，画工还欠著工夫。”诗语虽徘，而羡慕之心，闻于海外久矣。

“拉大片”以杭州西湖为画景，显然便是为了迎合此种“羡慕之心”。湖山胜景使得杭州西子成为一个“销金锅儿”，游人仕女，画舫笙歌，日费万金。声技饮食，游冶娱乐，为杭州人一年生计之所系；旅游业也让他们生活优裕，见多识广。朝斯夕斯，这样的生活环境，塑造了杭州人独特的性格特征。与周围农村和其他城市中人相比，杭州人显得更为精明、浮诞。于是，“外地人”及“乡下人”与杭州人形成了“淡抹”和“浓妆”的强烈反差，后者遂形容前者为“杭州风”。有俗谚称：

杭州风，一把葱，花簇簇，里头空。（《西湖游览志余》卷二十五）

所谓“花簇簇，里头空”，也就是有名无实的意思。“里头空”，即相当于现代人所说的“空头”。“空头”或有名无实具体表现为俗喜作伪，尤其是市井商肆间的造假邀利，更是闻名遐迩。譬如，在酒中搀灰，往鸡肚子里塞沙，鹅毛中吹气，鱼肉中灌水，织作刷油粉，……诸如此类的伎俩，早在宋代杭州人便可申请专利了！其中，酒中搀灰，差点还引出了一段公案——南宋理学家朱熹回徽州展墓，因喝了搀灰的酒，“遂动脏腑终夜”，旁人以为系因老夫子失敬于五通神所致，都替他暗暗捏了把汗。原来，新安江一水贯通上下游的徽州与杭州，两地的经济联系相当密切。想来，诈伪百端的“杭州风”，便是因此而刮到了僻野山乡的徽州府!

与“杭州风”相映衬，当时还有“苏州呆”的说法。苏州自春秋以来就相当发达，但南宋以后，因杭州跃居全国最为繁华的城市，大概是与杭州人的精明、见多识广相比，苏州人便显得相对的朴实和质野。故而有杭州“空头”与苏州“呆头”的文野之殊。

此后，虽然“上有天堂，下有苏杭”的谚语令世人耳熟能详，但杭州与苏州城市的地位却一直呈此起彼伏之势。明人陆容曾指出：江南名郡，虽然是苏、杭并称，但在当时，苏州城内及府属各县富家，多有亭馆花木之胜，而杭州城却没有，由此可见，“杭俗之俭朴愈于苏也”。（《菽园杂记》卷十三）陆容是明代中叶时人，当时苏州愈益繁华，吴俗奢靡，号称天下之最——“吴门人住神仙地，雪月风花分四季。……一年四季恣欢娱，那知更有饥寒苦。”（褚人获：《坚瓠补集》卷六《吴门歌》）吴门即苏州，当地人的生活水准居于全国之首，举手投足为外方人所企慕。张瀚在《松窗梦语》中指出：

> ……民间风俗，大都江南侈于江北，而江南之侈尤莫过于三吴。自昔吴俗习奢华、乐奇异，人情皆观赴焉。吴制服而华，以为非是弗文也；吴制器而美，以为非是弗珍也。四方重吴服而吴益工于服，四方贵吴器而吴益工于器。是吴俗之侈者愈侈，而四方之观赴于吴者，又安能挽之俭也。

处在这样一个举国瞩目的中心地位，苏州人自然有着一种强烈的文化优越感。晚明谢肇淛等人都不无反感地指出：苏州人口吻儇薄纤巧，风俗侈靡，“士子习于周旋，文饰俯仰，应对娴熟，至不可耐；而市井小人，百虚一实，舞文狙诈，不事本业。……视四方之人，皆以为椎鲁可笑，而独擅巧胜之名。”（《五杂组》卷三）按照现在的话说，在当时苏州人的眼里，“四方之人”皆是“外地人”、“乡下人”。在这种背景下，不知从什么时候开始，苏州人“嫁呆于浙”，与杭州人相互讥讽起来，彼此在称呼上也就发生了根本性的转变。苏州人称杭州人为“阿呆”，杭州人叫苏州人作“空头”。所谓空头的帽子，原本戴在杭州人的头上，但此时也作“苏意”，为苏州人所独占。钱钟书先生指出：“晚明常言‘苏意’，谓虚浮无实，即‘空头’之旨。”（《管锥编》第五册，中华书局一九八六年六月版，页191）无论是“空头”还是“苏意”，都是指苏州风气之浇薄。在明代，苏州府下辖一州七县，当时有一句评语曰：“金太仓，银嘉定，铜常熟，铁崇明，豆腐吴江，叫化昆山，纸长洲，空心吴县。”其中，长洲、吴县为苏州府的附郭首县。“纸薄，空心虚伪”，（褚人获：《坚瓠集》戊集卷二《吴评》）则点明了苏州风气之华而不实。艾衲居士《豆棚闲话》第十则有《虎丘山贾客联盟》，曰：

> 苏州风俗全是一团虚诈，一时也说不尽。只就那拳头大一座虎丘山，便有许多作怪。阊门外，山塘桥到虎丘名为七里，除了一半大小生意人家，过了半塘桥，那一带沿河临水住的，俱是靠虎丘山上养活，不

> 知多多少少扯空砑光的人。即使开着几扇板门，卖些杂货或是吃食，远远望去挨次铺排，到也热闹齐整。仔细看来，俗话说得甚好：翰林院文章，武库内刀枪，太医院药方，都是有名无实的。一半是骗外路的客料，一半是哄孩子的东西。

“翰林院文章，武库内刀枪，太医院药方”亦见沈德符《万历野获编》卷二四。原本系京师谚语，“盖讥名实之不称也”。这里是用以形容苏州人利用中心城市的地位，设圈套，弄虚头，卖假货，迹近刁滑无赖。所谓“从来惯弄虚头，说是苏州，果出苏州”，（李应桂：《梅花诗》第一三折）市井间的机巧诈伪，较之早先的杭州人可谓有过之而无不及。嘉靖时人何良俊曾指出：“年来风俗之薄，大率起于苏州，波及松江。”（《四友斋丛说》）与苏州接壤、习气相近的松江，出产有一种“淡酒”，打开酒瓶后，滑辣光馨，喝了教人霎时饮霎时醉霎时醒。卖者拍着胸脯做广告，面不改色地声称自己是童叟无欺：“这一壶约重三斤，君还不信！？——把秤来秤，倒有一斤泥，一斤水，一斤瓶。”这使得过往客商、举子仕宦无不戒心重重。曾有一外地人初往苏州，便有人告诉他应如何与苏州人应对周旋：

> 吴人惯扯空头，若去买货，他讨二两，只好还一两；就是与人讲话，他说两句，也只好听一句。

在当时人的心目中，苏州人“嘴头刻薄”，外地人肚里应“整备”些“尖酸答他”。明人冯梦龙就曾讲过这样一个笑话——有位客商想买苏州货，别人教他说，苏州人漫天要价，你可就地还钱，一般是对半杀价。客商牢记在心，到绸缎店，凡是对方开价二两的，便还价一两；讨一两五钱者，只还七钱五分。店主见碰上这么刻薄的主顾，便悻悻然曰：“像你这样还价，干脆别买了，小店白送两匹给你算了！”客商拱手推辞道：“不敢，不敢，我只领一匹好了！”（《广笑府》卷十《嘲谑·苏州货》）

虽然是生怕吃亏上当，但货比三家之后，四方客商还是愿意消受“苏州货”。这是因为苏州人虽然滑头，但聪慧过人。临摹书法，冶淬鼎彝，令人真假莫辨。寸竹片石，摩弄成物，更是让人叹为观止。故而苏州人“善操海内上下进退之权，苏人以为雅者，则四方随而雅之；俗者，则随而俗之”。（王士性：《广志绎》卷二《两都》）这种独领风骚的地位，及至清代前期仍然相当牢固。康熙、乾隆多次南巡，流连于江南名胜之地。乾隆辛巳（一七六一年），孝圣宪皇后七旬诞辰，弘历因太后素喜江南风景，以年迈不宜远行，故于北京万寿寺旁造屋，仿江南式样，市廛坊巷，无不毕具，长至数里，以奉銮舆往来游行，俗名曰“苏州街”。在当时，“苏”字就代表着一种时尚。于是，在“拉洋片”中，便出现了这样的解说词——

往后瞧，又一篇来到了，苏州大街你再观观：一溜大街长十里，招牌幌儿挂在两边，钱庄、当铺两对过儿，茶楼、酒馆儿紧相连，路南有坐（座）美人书寓，画梁雕刻好门面，楼上坐着听书的客，跑堂儿的过来又把茶端，有几个倌人会弹唱，怀抱着琵琶定准弦，开口唱得是马头调儿，然后改了太平年，有张生，来游寺，小小红娘把信儿传，这们张玩艺儿瞧了个到，（七冬隆冬仓），拉起一张你再慢慢儿观。……

拉起的下一张画究竟是什么？解说词并没有告诉我们。但若从近数百年来东南地区城市文化变迁的轨迹来推断，想来是非扬州莫属了！清初顺、康之际，王士禛在扬州担任推官，他非常敏感地指出：

近日地气自江南至江北，而扬州为极盛。（《香祖笔记》卷七）

在清代前、中期，天下繁华，苏、扬并称。与苏州并举的扬州，据说是"'以其风俗轻扬，故名其州。'轻扬之辈，驰逐其间无虚日，究其所以，则皆两淮巨商。"——《不下带编》的作者金埴，曾侨寓广陵。他所说的"驰逐其间"，大概是指扬州盐务总商的"飞轿"。乾嘉时人林苏门《邗江三百吟》卷五《周挚情文门》说，广陵鹾商所乘之轿，色彩华丽，穿街过巷时抬速飞快，故曰"飞轿"。《儒林外史》会校会评本卧评曰："扬州乐府云：'东风二月吹黄埃，多子街上飞轿来。'"显然，盐商之"飞轿"成了当时扬州时髦的风尚，这自然也引起一般民众的群起效仿。董伟业就有《扬州竹枝词》曰：

谁家年少好儿郎，岸上青骢水上航，
犹恐千金挥不尽，又抬飞轿学盐商。

当然，“飞轿”只是扬州盐商奢靡生活的一个方面。早在雍正年间，皇帝就专门下诏，条分缕析地指斥扬州盐商的豪侈与僭越：

奢靡之习，莫甚于商人。……各省盐商内实空虚，而外事奢靡。衣服屋宇，穷极华靡；饮食器具，备求工巧；俳优伎乐，恒舞酣歌；宴会戏游，殆无虚日；金钱珠贝，视同泥沙；甚至悍仆豪奴，服食起居，同于仕宦，越礼犯分，罔知自检。骄奢淫佚，相习成风。各处盐商皆然，而淮、扬为尤甚。（萧奭：《永宪录》卷二下）

这就是后人所概括的“盐商派”的生活方式。其中，“内实空虚，而外事奢靡”，实为后代“扬虚子”之滥觞。根据朱自清先生的说法，“‘虚子’有两种意思，一是大惊小怪，一是以少报多。总而言之，不离乎虚张声势的毛病”。这种虚张声势的毛病，在早先的“杭州风”中已初见端倪：

外方人嘲杭人，则曰杭州风。盖杭俗浮诞，轻誉而苟毁，道听途说，无复裁量，如某所有异物，某家有怪事，某人有丑行，一人倡之，百人和之，身质其疑，皎若目睹，譬之风焉，起无头而过无影，不可踪迹。

故谚云："杭州风，会撮空，好和歹，立一宗。"（《西湖游览志余》卷二十五《委巷丛谈》）

在乾嘉盐业全盛时期，两淮鹾务为游民衣食之场，平时依倚商门、苟图温饱者，蚁附蝇集，不可胜数。这些人或编造歌谣，或捏成蜚语，或摭拾浮言，以致衢谣巷曲顷刻传播，混淆视听。一惊一乍，实与"杭州风"一般无二。"杭州风"的另外一层意思（见前述），在扬州人那里称为"扬盘"。"盘"是捧出来给别人看的意思，形容要气派的扬州人。一般的扬州人，"雅好饰观，往往家无升斗之储，外披晏粲之服"，（桂超万:《游宦纪略》卷五）以变产称贷满足服饰打扮的消费。其实，这在先前的"苏空头"那里,也表现得淋漓尽致。褚人获《坚瓠补集》卷六记载有一首《吴下歌谣》：

吾苏风俗浇薄，迩来服饰滥觞已极，《翰山日记》有吴下歌谣：……苏州有三件好新闻，男儿著条红围领，女儿倒要包网巾，贫儿打扮富儿形，一双三镶袜，两只高底鞋，到要准两雪花银，爹娘在家冻与饿，见之岂不寒心，谁个出来移风易俗。

"贫儿打扮富儿形"，与踵事增华、翻新斗靡的"扬盘"如出一辙。至于市面上的商业欺诈，更是不胜枚举。扬州人石成金《传家宝》三集载有一首讽刺假膏药的诗："还有一等好膏药，名唤金丝万应膏，其实有功劳：好处贴肿了，肿处贴不消，三日不揭起，烂作一团糟。”此类兜售狗皮膏药的，很多是集中在扬州新城教场和旧城西北的虹桥一带。在十八世纪末叶，这里就已有“西洋景”式的玩艺。嘉庆时人缪艮所著《文章游戏》二编卷一《扬州教场茶社诗》之十二,有“戏法西洋景”的记载。对此，李斗详细刻划道：

> 江宁人造方圆木匣，中点花树、禽鱼、怪神、秘戏之类,外开圆孔,蒙以五色玳瑁,一目窥之,障小为大,谓之“西洋镜”。(《扬州画舫录》卷十一)

“五色玳瑁”起的是凸面镜的作用。玳瑁，一作瑇瑁，是一种爬行类动物，形状像龟，盾板表面具有漂亮的光泽，闪烁着黄、褐相间的美丽色彩，所以其甲壳时常被用来当作装饰品使用。早在司马迁的时代,《史记·货殖列传》就曾记载：“番禺，亦一都会也。珠玑、犀、瑇瑁、果布之凑。”番禺，也就是现在的广州。显然，早在汉初，这里便是珠玑、犀角、玳瑁和果布的集散地。这些物品除了少数为当地土产外，多通过广州从海外进口。因明代将今南海以西的海洋及沿海各地概称为“西洋”,故而西洋贡物——五色玳瑁便有了“西洋镜”的称呼。

与李斗差相同时的林苏门曾指出,乾嘉时期,扬州市面上“想发广东财”的戏谑方言甚为流行。这句俗话的意思是——将“广东洋货沽来，鬻于他省”，利润颇丰。(《邗江三百吟》卷十）

乾隆二十二年（一七五七年），清廷封闭了江、浙、闽海关，只留粤海关，广州成了全国唯一的通商口岸，十三行一跃而为垄断全国对外贸易的组织。十三行的洋商，是官府与外商交涉的中介，负有承保外洋船货税饷、规礼、传达官府政令以及管理外洋商船人员等义务。由于他们垄断了茶、丝等大宗贸易，操奇计赢、坐拥厚赀者比屋相望，丰亨豫大，尤为天下所艳称。咸丰十年（一八六〇年），《法国杂志》曾登载广州通信一则，谓十三行总商潘氏之财产超过一万万法郎，比国王还富有，每年消费三百万法郎。在清代前期，广东洋商与扬州、汉口盐商，苏州铜商，清江浦南河厅，奢靡程度可以相提并论。当时，“怀柔远人”的贡舶贸易，大都经过广东然后入京朝贡。其中，奢侈消费品素有“广货”、“十三行货”和“洋货”之分，钟表呢羽各玩物，精致工巧，上自皇室贵胄，下至平民百姓，均对之青睐有加。于是，番舶衔尾而至，“洋货”源源北输。不待鸦片战争，在社会上便弥漫起崇洋媚外的迷雾。嘉道时人曹某曾指出：

> 如今洋钱、洋货、洋烟盛行于俗，且有非洋而冒洋者。如罗浮蝶本名仙蝶，相传为仙衣所化，游彼者恒以其茧饷新友，今则竟曰洋蝶。作事轩昂，向曰“扬气”，以江南盐商扬州为多，其作事尽事奢华也，今则竟曰“洋气”。以及松菊、枫瓜、长春菊、万年青，择其色之美而佳者，冒以洋名而价贵；猫、狗、鸡、鸭择其状之小而黠者，冒以洋名而品尊。鞋有洋鞋，布有洋布。衣裳边饰，非洋镶则鄙之；动用器皿，凡洋式则珍之。其小呢、自鸣钟之本于洋者，更无论。福禄寿三星，吉神也，画其形，所以取利市，今并装为

洋人矣。紫微帝，万星主也，画其像，所以镇凶煞，今并变为洋服矣。诸如此类，难更仆数……（曹晟:《夷患备尝记·事略附记》）

透过文采鲜明的五色玳瑁，“洋”字俨然成了优质的同义词，优质的国货也就理所当然地贴上了“洋”字标签。

与“扬气”到“洋气”的嬗变轨迹相吻合，“西湖景”也向“西洋景”转变。李斗笔下在江宁人所造“西洋镜”中看到的“秘戏”，当即“秘戏图”，最早可能是指春宫画。春宫画在清代也称“饶头”（春画、春册或春意儿）。而在明代，春宫画的出产地以苏州一带最为著名。所谓春宫画，当然是指裸体的女人像，但裸体的女人像，却不一定都是春宫画。譬如，《长颈圣母》、《诱惑与被逐》、《维纳斯、丘比特、愚蠢与时间》等文艺复兴时期的作品，在风气未开、少见多怪的“呆头”看来，便实在是中华帝国古已有之的春宫无疑！从当时扬州已有的西洋水法、自鸣钟、眼镜、写真来看，上述的“秘戏”，有些可能就是西洋的艺术作品。特别是两次鸦片战争以后，五色玳瑁之后，西洋“春宫”出现的机会是越来越多了——“西洋小画妙无穷，千里山川掌握中，可笑不分人老幼，纷纷镜里看春宫。”除了“春宫”画外，人们看到更多的还是西方的花花世界：

瞧！ 西湖景，……真山真水，外国人放鸭子，挖金矿的南非洲。

当时，“西湖景变看洋人”，“西湖景”的玩艺，遂更多地冠之以“西洋景”的称呼了。但事实上，“西洋景”已不再是绀采斑驳的五色玳瑁后的布景，而是窗子外真真切切所能看见的景观。有道是“繁华沉醉似神仙，租界依稀一洞天”，散布全国各地的租界，便是一幅幅硕大无朋的“西洋景”。

其中，最大的一幅“西洋景”，自然是在昔日被称作“小苏州”的上海。上海是西俗东渐的窗口，中西文化首先在这里碰撞、会聚。印江词客所撰《沪竹枝词》曰：

> 连云楼阁压江头，缥缈仙居接上游。
> 十里洋泾开眼界，恍疑身作泰西游。

“十里洋泾”即洋泾浜（今延安东路）南北的十里洋场。步入此境，游踪所至，耳目之所接触，不啻身入欧美都市。英、法租界中，华堂大厦，茶肆酒楼，无不以五色流离（玻璃）为窗牖。每当旭日初射，流离散彩，熠熠生辉，大有“别开人境”的感觉。在玻璃映射出的一片“流离世界”中，原先的中国传统城市文化，显露出繁华绮丽凋残殆尽后的丑陋和破败。虽然此时“洋盘”起来的上海人，在扬州人“扬盘”的时代，还在“慕苏、扬之余风”，学着扬州人穿衣戴帽。然而，当年“扬气”的扬州人，在现在“洋气”的上海人看来，已不过是村野的“江北人”了……

人情变幻，世态离奇，递嬗转迁，久而弗泯。上海人，继承了杭州人、苏州人和扬州人的聪慧、精明和潇洒；恶性的“海派作风”，也因袭着“杭州风”、“苏空头”和“扬虚子”的狂奴故态：巧言令色、卖弄噱头、门槛精、粗制滥造、不厚道、骄傲、排外，等等等等。

“西洋景，转入转深原来一张纸。”——《点缀方言扬州话》如斯曰。

一九九五年六月

咖啡还是茶?

近年来以红顶商人胡雪岩为题材的小说、电视在市面上颇为走俏,《八月桂花香》就是一部这样的台湾电视连续剧——动听的主题曲透着一缕淡淡的忧伤,塑造的主要人物也称得上是个性鲜明。其中,心狠手辣的权阉庞公公更是呼之欲出。剧中有一段戏演到庞氏到商行与洋人谈生意,一位姓古的“糠摆渡”以《围城》中张先生的口吻,故意冒出“coffee or tea”的诘问,想“fool”一下庞某。果真!“英文底子差”的土包子庞公公,“喀喀?……替替?……”了半天,也说不清道不明自己究竟想喝点什么……

电视剧展示的时代背景是十九世纪晚期,当时虽已是一派华洋杂处的世界,但喝咖啡作为一种新兴的洋时髦,大概尚只流行于十里洋场。不言而喻,这是身份和时尚的一种象征。相反,水淫茶癖,爰有古风,茗饮不仅有着数千年的历史,而且无论高低贵贱劳心劳力皆可享用。

茶是“南方之嘉木”,中国人很早就开始饮茶,茶馆的历史亦遂源远流长。据说,早在六朝时期,茶馆就已见诸记载,唐宋以后则更为普遍。不过,作为近世市民社会发展的一种伴生物,茶馆的大量涌现,却是在十六、十七世纪以后。

在传统的乡土社会,村民间的信息交流主要是在户外的公用地上展开。特别是村头宅旁的豆棚瓜架、井畔河边,每天在此纳凉休憩或前来取水、洗衣、淘米的刘大妈与王二婶们，唾沫四溅地饶舌起张家长李家短的闲言碎语流短飞长。十六、十七世纪以后，随着近世都市化进程的加速，江南各地大城市的人口都在急剧膨胀。大批的乡村百姓纷纷涌入繁华都会，追寻着发家致富的迷梦。他们于劳作之余，也同样需要一种感情交流和宣泄的场所。于是，茶馆俨然成了都市中的豆棚瓜架、井畔河边，虽阛阓通衢、偏街僻巷亦莫不开设，以至于“遍地清茶室”之谣，在江南一带广泛传播。闲居茶肆，啜茗清谈，成为江南人的普遍习惯——“教场茶肆闹纷纷，每碗铜钱十四文。午后偷闲来到此，呼朋引类说新闻”。上自缙绅商贾，下至圉人走卒，无不鳞集蝇聚，日夕流连。在朋辈征逐、促膝品泉之际，在掀唇快饮、润喉嗽齿之余，沸羹似的谣诼也就以茶馆为中心腾之于足以铄金的悠悠众口。其中，既有王婆穿针引线潘金莲西门庆勾搭成奸那样的里巷琐闻闺闱秽事，亦不乏“唐乌龟，宋鼻涕，清邋遢”般的政治谣谚。特别是在满人入关后不久，福建的“国姓爷”，江南的“朱三太子”，以及始终弥漫在东南各地浓厚的反清复明之情绪，着实让清朝统治者触手棼如乱丝般的神经绷紧。康熙就曾在一份《请安折》尾的硃批里说道：

> 尔虽无知小孩，但所关非细，念尔父出力年久，故特恩至此。虽不管地方之事，亦可以所闻大小事，照尔父密密奏闻，是与非朕自有洞鉴。就是笑话也罢，叫老主子笑笑也好！（康熙五十七年六月初二日，《故宫周刊》第八十五期）

这是写给新任江宁织造曹頫的硃批谕旨。其中的“尔父”，便是清初负责江南谍报工作的情报头目——刚刚过世不久的老江宁织造曹寅（曹雪芹的祖父）。其实，“老主子”竖直耳朵想听的自然不止是“笑话”。他在给内务府包衣的硃批中，就经常出现“再蜜（密）打听，奏闻众人议论如何”、“尔再打听，还有甚么闲话？密折来奏”、“密密访问，明白奏来”等神秘兮兮的字样。例如，从故宫博物院明清档案部整理出来的《李煦奏折》及《关于江宁织造曹家档案史料》来看，“江南科场案”爆发之后，玄烨就连续在四道奏折之末写下“再打听”的硃批谕旨，让曹寅和苏州织造李煦仔细打听在扬州、苏州官场和民间流传的诸多“闲话”，至于这些“闲话”究竟是如何收集来的，因史料不足征不得而知。不过，溷迹于老舍《茶馆》中、虽政权更迭频仍却始终不虞失业的两位包打听，或许可以作为一个注脚。

从玄烨与包衣心腹的对话中我们不难看出，在私底下他对当世的一些“理学名臣”颇不以为然。如一心想从祀庙庭享用冷猪头肉的道学先生、江苏巡抚张伯行，在康熙眼里就不过是个“专门著书为事”、行事却“令人闻之酸鼻，而犹可笑”的迂腐虚伪之徒。不过，在表面上，玄烨却仍然要摆出一副稽古右文、推崇程朱理学的态势，但这已足以让周围那些瞻天仰圣、只识皮相的耶稣会士信以为真。

在耶稣会士眼里，康熙大帝时代的中国，盛世滋生人丁永不加赋，百姓富裕、平静、安全而且富于艺术研究。他们将这种似梦似真的信息传递到了教士统治下的“欧洲地狱”，引起了整个社会对东方理性天堂的艳羡——在那个遥远的国度，由人自己管理自己，由理性管理人，没有宗教，没有教会，这种自由理想的绿色天堂模式不是只要照搬就可以了么？于是，中国这个文明古国被欧洲人所“发现”。而且，相当的文化距离感滋生出一种强烈的朦胧美，使得启蒙时代的西洋人欣喜若狂，从而奠定了十八世纪欧洲人心目中的中国文化观。伏尔泰就曾称赞中国是“举世最优美、最古老、最广大、人口最多和统治最好的国家”。在启蒙运动者看来，中国是世界上唯一将政治与道德完美结合的国家，悠久的文化使得历代统治者皆清醒地意识到，要保持国家的繁荣昌盛，必须仰赖道德的魅力。他们想当然地以为，如果中国的法律变为各国的法律，中国就可以为世界提供一个作为去向的美妙境界。伏尔泰甚至还称赞中国的历史记载“几乎没有丝毫的虚构和奇谈怪论，绝无埃及人和希腊人那种自称受到神的启示的上帝的代言人，中国人的历史从一开始起便写得合乎理性。”——听罢外国友人如斯曰，直到今天还真让一些人飘飘欲仙、油然而生“老子先前比你阔”般的自得。只是与伏尔泰差相同时、“避席畏闻文字狱”的中国文人，是否有幸听到伏老的这番高论呢？今人手中的秃笔固然已无从为先哲立言，但悬想事势，池田大作威尔逊们的对话倘能早发生一两个世纪，下列的场景于情于理或许皆无不合——

诗才奇险、好作“黄狗随风飞上天，白狗一去三千年”的洪北江呷一口冷茶，忿激作色曰：中国的历史果真就是仁君统治的理想么？我不过上疏直言君德民隐休戚相关之实，就被拟大不敬律几置重辟，总算皇恩浩荡免死遣戍伊犁。但哪有尔辈想象的——“在人民苛求的目光注视下，文人的意见甚至责备，君王都会认真地听取？”再说，“感孕而生”、“君权神授”之类的把戏，吾国太史公们编得何尝会比你们老外逊色？唉！一部二十四史，真是从何说起！？

伏老尴尬地陪着笑脸，顾左右而言它：家家都有一本难念的经！遥远的东方或许正如贵国理学家所言——可远观而不可亵玩焉。但无论如何，我们透过西洋镜折射出的“东方形象”，汲取到了莫大的精神力量。吾侪鼓吹“以夏变夷”，只是歪打正着的策略而已。在启蒙运动蓬勃展开的时代，中国的传统文化给予欧洲古典思辨哲学、自然神教和重农派学说以丰富的养料，在一定程度上催促了近代文明的诞生。这总归是事实吧！？

……

遥体人情，上述这番瀹茗兀坐、一壶挥麈的东西方对话，想来只能是“多收了三五斗”，照例不会有什么结论。至于对话的场景，不妨可以选在扬州的“小方壶”，苏州的“蕙芳轩”，或江南胜地的其他荤、素茶肆，甚至也可以是西洋的某个咖啡店。其实，置身何处的背景并不重要。因为对茶的嗜好，在当时是欧洲人与中国人少有的共同点之一。就像绍兴的咸亨酒店也卖起啤酒一样，在欧洲的不少咖啡店里，当时亦能就广座、作茗憩，品尝到产自中国的瑞草雪芽。

的确，与形而上的学术流派或思潮相呼应，十七、十八世纪的欧洲也流行起了“中国风格”——西洋人以采用中国物品、模仿中国式样为时尚，中国的茶、丝绸、绣品、瓷器和漆器等大为走俏，此与时下铺天盖地充斥华夏的舶来品，大有异曲同工之妙！透过那些馥郁芬芳的茶香、玲珑剔透的浅色华瓷、色彩飘逸的闪光丝绸，一幅幅美丽的亚陆风情、东方画卷便形象地展现在欧洲的市民社会面前。其中，尤其是茶，更是与西洋人结下了不解之缘。饮茶之风在一六一〇年（明万历三十八年）前后首先在荷兰登陆，一六三六年（明崇祯九年）在巴黎出现，一六五七年（清顺治十四年）伦敦人迷上了这一新兴的饮料。在英国，喝茶被认为是一种美德，茶叶似乎取代了杜松子酒的地位。一七六三年（清乾隆二十八年）以后，饮茶在俄国得到普及。为了适应长途贩运，茶叶被制成砖茶，从中国络绎不绝地运往西伯利亚。（参见布罗代尔《十五至十八世纪的物质文明、经济和资本主义》第一卷第三章，三联书店一九九二年十一月版）当诗人普希金打完八副纸牌，牌兴正稍有低落之际，仆人就会端来一道茶，茶饮也就放在中国茶壶内。（《假如我没有记错》）这种俄国乡间的风俗，不禁让人联想起同时代中国扬州的一句俗谚："清明不看牌，死了没人抬"——习惯于享受"午前皮包水"的扬州人，三朋四友传杯换盏，群居终日：抿上一口云雾龙井珠兰梅片毛尖，继续呼卢喝雉地樗蒲斗叶……

在普希金生活的十八、十九世纪之交，欧洲有许多人都对中国着了迷——古玩、瓷器、丝绸，使得西洋人的口味习惯于"中国模式"。对此，法国作家阿兰·佩雷菲特曾指出：

> ……这些美丽的艺术品与他们所习惯欣赏的艺术品完全不同：是这种断裂而不是美在吸引着他们。他们经常把假的当成真的：中国人专门为这些远方的外行顾客制造成千上万色泽古老像有几百年历史的花

> 瓶……这种对异国情调的追求并不是解开中国之谜的钥匙。尽管中国在西方无处不见，但它对西方来说仍是完全陌生的。…西方人以为在中国工艺品里读到的信息事实上并没有写在上面。(《停滞的帝国——两个世界的撞击》页30，三联书店一九九三年五月版)

在与马戛尔尼勋爵同时代的扬州盐商那里，“古玩无真赝，以价高而缺损者为佳”。(黄钧宰：《金壶浪墨》卷一)这似乎又是欧洲人与中国人少有的共同点之一。故此，佩雷菲特所说的“断裂”，是仿制古董器物上的断裂呢？还是追求异国情调的东西文化“断裂”？我们并不清楚。好在不管怎样，Comprador张先生自有一番高论：“……磁器假的，至少还可以盛菜盛饭。我有时请外国friends吃饭，就用那个康熙窑‘油底蓝五彩’大盘做salad dish，他们都觉得古色古香，菜的味道也有点old-time。”

流光如驶，驹隙难留，二十世纪的历书正匆忙地翻动着最后的几页。又值一个两个世界剧烈碰撞的时代，“Coffee or Tea”想来不再是两种不同身份或时尚的象征，只是萝卜青菜各有所爱，金发碧眼很美丽固然O.K.，但黑发黄肤却亦同样楚楚动人。街上漂亮的乌黑秀发尽可东施效颦点染红黄，“以夷变夏”的杞忧说说可以，但却大可不必当真——无论如何，受之父母的发肤断然不会因化妆品的缘故而完全改观！

一九九五年暮春

糠摆渡

西文中译似乎最能体现中国人的聪明才智。譬如“President”译作“普天锡尔德”,《公羊传·庄公元年》:“王使荣叔来锡桓公命。锡者何?赐也。”也就是说,锡通赐——于是乎,普天之下莫非王土,率土之滨莫非王臣,烝烝众民皆沐浴于王化的德政之下,西方民主制的总统,遂约略相当于人主有德、兆民赖之的中国专制君主。类似的“春秋笔法”,似亦显见于“糠摆渡”译例。

“糠摆渡”,是葡萄牙文“Comprador”的译音。近人徐珂认为:

> 咸同间名人笔记不知译音之本难索解,乃就“糠摆渡”三字以国文为之解释。谓买办介于华、洋人之间以成交易,犹藉糠片为摆渡之用,既以居间业许之,而又含有轻诮之词。(《清稗类钞》第五册“农商类”)

“买办”一词,昉自明代。在汉文典籍中,系指为宫廷、官府、军队和富室采办物品者;另一方面,葡人将受雇于葡商、为其采买伙食用品之华人称为“Comprador”(意为采买者)。鉴于两者职能大致相当,国人遂将“Comprador”意译作“买办”,而音译则作“糠摆渡”。

尽管译音“本难索解”,但私忖其意,居间交易谓之“摆渡”,而“糠”系微末之物，可见此辈“摆渡”的不过是些无关大雅的奇器淫巧。“Comprador”对应于“糠摆渡”，迻译之间，中国传统经济制度框架下之“天朝心态”，于此昭然若揭。另外，所谓轻诮之词，从“Comprador”的另一译名“光白陀”中亦可窥其端倪。“光白”二字以其居间说合，如时下做无本生意之皮包公司;而“Comprador”的最后三个字母为“dor”,故此处之“陀”似不念“tuó”，而当通“堕”(读作“duò”)。《淮南子·缪称训》有“岸崝者必陀”的记载，据高诱注称:“崝，峭也;陀，落也。”此番索解倘若不误，则“光白陀”一词寓含着——此辈为人不足称道，虽然“阔绰排场人尽慕，频手获利店纷开”，但下场却是指日可待的！显然，在西文中译的字里行间，处处闪烁着传统文人狡黠的眼神。

有位西哲曾经说过：高山使人类阻隔，大海则让人类接近。在大海两端不同文化、语言背景下的交流，很大程度上也就端赖于东西方两个世界的中介角色——“Comprador”们的穿梭“摆渡”。

上文说过，“糠摆渡”是葡萄牙文的译音。这是因为近世欧洲人之东来，始于葡萄牙。十五世纪末，西班牙与葡萄牙两国，竞相拓展海上新航路，从而揭开了东西交通史上崭新的一页。明嘉靖三十二年（一五五三年），葡萄牙殖民者借口舟触风涛，愿借濠镜曝晒水渍货物，强行上岸，租占了珠江口西侧的香山澳（濠镜澳），遂形成中国早期的国际贸易中心之一——澳门（Macao）：

> 澳门为香邑一隅，其地孤县（悬）海表，直接外洋，凡夷商海舶之来澳者，必经此而达。（印光任、张汝霖：《澳门纪略》）

“澳”是舶口之意，“香邑”也就是广东香山县（今中山市）。因处滨海地区，自古以来绝大多数的当地人都从事海上贸易。晚明时人王士性曾叙及“天下马头物所出所聚处”十数个，“香山之番舶”便是其一。显然，自从澳门成为海外贸易中心之后，香山百姓多倚番舶为生。与洋人接触的机会既多，不少人也就自然而然地承充了买办这一角色。

除了香山人外，南海、番禺（今广州市）也是众多广东买办的故乡。这些买办的崛起，则与公行制度有着密切的关系。

公行亦称“官行”，是鸦片战争前广州经营对外贸易商人的同行组织。广州因其地近南洋，且为唐宋以来市舶司之所在，贸易历千余年不衰。特别是自乾隆二十三年（一七五八年）以迄道光中叶，清廷严守一口通商政策，广州成为对外通商之唯一口岸，公行行商遂得垄断中外贸易。行商在广州十七甫（一作十八甫）设立了“商馆”。所谓“夷馆”或“商馆”，是指洋行划出部分房舍租与外商居住及贮货。如英国商馆，即著名的东印度公司之代理处。商馆雇用中国人为买办、通事（Linguist）等，但他们虽然服务于洋人，却是清政府“层递箝制”外商的一个环节，买办的职责只局限于洋行的内务。

鸦片战争的弥漫硝烟结束了公行时代，也使得广州在中国对外贸易中的首要地位一去不复返，但广东人毕竟因其天时地利而先声夺人。开埠之后，粤籍买办占全国买办的绝大多数，而香山则成为广东买办最多的县份，以至于“香山人”这一名称，后来几乎成了买办的代名词。由于洋行在新辟口岸接二连三地建立起新的分支机构，粤东买办、通事也就如影随形似地跟随着外商四处拓展业务，如在上海——

> 沪地百货阗集，中外贸易，惟凭通事一言，事皆粤人为之，顷刻间，千金赤手可致。（王韬：《瀛壖杂志》卷一）

近代初期，在许多场合，买办也被称为“通事”。他们传达语言，说合价值，集代理人、翻译、掮客和顾问于一身。晚清时期上海的通事有两类：一类是受雇于各商行、公司，还有一类则逡巡于外滩、城隍庙一带。后者多系失业的西崽或马夫，游手好闲，略习西语，为初到上海的外国水手、商人导游，代办住宿和购物，称“露天通事”。他们以初来乍到的老外不通华语、不谙行价，将原本几百文的货物任意报价至一二元，从中渔利。时下在涉外宾馆门前拦住“老外”搭讪，一边用拇指与中指相互摩擦作着手势，一边絮叨着“曼令，曼令（money，money）”之类，虽无其名，但与早先的露天通事却相仿佛。

现在的延安东路，在一九一五年前还是黄浦江的一条支流，名叫“洋泾浜”，“为西人通商总集”。一八四九年法租界开辟后，洋泾浜成为英法租界的界河，周围地区日趋繁华，酒天花地，别一世界。“吴淞楼橹达西洋，廿载华彝共一堂”，估舶商艅，羽萃鳞集。由于早期的买办多是广东人，所以粤东的服食器用、淫巧好尚也风靡一时。王韬就曾指出："迩日阛阓间粤品纷陈，几无弗备，迥异向时矣。"（《瀛壖杂志》卷二）不仅是广货四出，而且，曲中诸姬也大多来自岭南：

洋泾桥畔多粤东女子，靓妆炫服，窄袖革履，大足皆径尺，或赤而不袜，肤圆光致，每曳绣花高屧，略似满妆；挽椎髻，著罗裈，以锦帕裹首，其中妍媸不一，稍佳者肤白如云，眼明于波，意即粤之蜑妇来沪牟利者，粤俗呼之为"咸水妹"，谓其栖宿海中，以船为家也。沪人遂讹称"咸酸梅"，谓其别有风味，能领略于咸酸之外。久之，沪上黠妪购贫家女，效其妆束以媚远商，猝莫能辨也。

粤女多能讴，急琯繁弦，声多噍杀。或谓其靡靡之音足以动心荡魄者，则另一调也。（卷一）

在明清时期，"潮嘉风月"极为著名。乾嘉时人俞蛟所著《梦厂杂著》，就列有《潮嘉风月》一卷，专门状摹以脂粉为生的广东蛋（蜑）民（赵翼《檐曝杂记》卷四称，其间有"真蜑"，亦有冒充的假蜑户）。据载，潮嘉曲部的红裙翠袖、舞扇歌衫，其"繁华气象"，一度曾"百倍秦淮"。而其间流行的民歌音调，正是蛋民歌谣的一种——"咸水歌"（亦称"咸水叹"或"后船歌"）。近代开埠之后，音繁节促的"咸水歌"也随着广东买办的北徙而风靡一时——这可能是粤语的第一次北渐。

或许是一种巧合，粤语之北渐，总是与广州作为最早"开放”的城市分不开的，它与流行歌曲的传播更是难解难分。如今的粤讴中是否尚留有“咸水歌”的残符余韵？我们并不清楚。但想来当初“咸水歌”的魅力之不亚于时下的粤语歌曲，大概是没有什么疑问的！对此，民间文学家钟敬文先生曾指出：

> 还忆起那一次，我夜间乘舟远行，时月明人静，于那烟波深渺处，听见舟子在高唱这种歌，当时真令我的精神感到幽深的怡悦！ 我想那种音调的美妙，虽全没有音乐素养的人（一个“音盲”的人），听了都禁不住悠然神往！ 这个，究竟是什么缘故呢？我不能不说是那种悠扬挫顿的调子，有以使之然了。（《中国蛋民文学一脔——咸水歌》，载《钟敬文民间文学论集（下）》）

屈指算来，钟氏此文作于七十年前。而今，在顾影少年的悉心模仿中，伴随着诘诎聱牙的粤语、动心荡魄的靡靡节拍，粤语外来词乘着“的士”、“巴士”明目张胆地蜂拥而至。回首当年“咸水歌”流行的时代，广东话和“广东英语”亦何尝不曾受到上海人的瞩目？

中西交通之初，葡萄牙语曾是东方商业中的通用语。及至明末，葡萄牙人在东方的商业霸权式微，英国人则伺机崛起。到十八世纪中叶，英国已居对华贸易首位。于是，英语取代了葡萄牙语，成为东方商贸中的通用语。在当时对外贸易的唯一口岸广州，出现了一种同音异字而无文法的“广东英语”。上海开埠后，西方洋行和公司纷纷在洋泾浜南北开设分行和子公司，这种“广东英语”也随着粤籍买办的身影而纷至沓来。与此同时，在洋泾浜附近，还有许多露天通事、华商、跑街与外商接洽生意、买卖货物，他们使用一种半生不熟的英语与外商洽谈。其间自然需辅以各种手势比划，方能将意思表达清楚。久而久之，此种“夹生”的英语居然有了约定俗成的表达方式。于是，洋泾浜地区出现了一种语法不准、带有中国口音的英文，人们称之为“洋泾浜英文”（Pidgin English）。“Pidgin English”本身就是洋泾浜英语，“Pidgin”（洋泾浜）这个词是 Business（生意）的讹用，意为商业用的混合语，主要是用于口语而不是书写。但后来为了便于成千上万的华洋众生学习，也有用汉语中的近音字来为英文单词标音，使英语读音汉语化。例如，同治年间的洋泾浜语就将二十六个字母标注为“灰”（a）、“弥”（b）、“西”（C）、“哩”（d）、“伊”（e）等。直到前不久，沪上报刊还披露在市区某处，仍有人兜售此类令人啼笑皆非的“三克油”（Thank You，谢谢）、“踢死狗”（Disco，迪斯科）式的洋泾浜小册子。

在清代，洋泾浜语也叫别琴语，同治时人杨少坪作有《别琴竹枝词》百首，曰：

> 生意原来有别琴，洋场通事尽知音。不须另学英人字，的里、混、多值万金。

的里、混、多即 three（三）、one（一）、two（二）。“竹枝词”或简称“竹枝”，本出今长江上游的巴渝一带。唐贞元中，刘禹锡在沅湘，以俚歌鄙陋，乃依骚人的《九歌》之义，作新词九章，以教里中歌之，后世遂多效其体，作者日多，流传日广。与竹枝词相类的还有“山歌”。山歌是指形式短小、曲调爽朗质朴、节奏自由的民间歌曲，流行于南方农村或山区，多在山野劳动时歌唱。明中叶时人叶盛《水东日记》曰：

> 吴人耕作或舟行之劳，多讴歌以自遣，名唱山歌，颇合宫徵，兼可警劝。如“月子弯弯照九州，几家欢乐几家愁，几家夫妇同罗帐，多少飘零在外头”。

这首山歌最早见于宋人话本《京本通俗小说》，大概是现存最早的吴中“山歌”。此后，唱山歌之风在吴地并未稍歇——“一把芝麻撒上天，肚里山歌万万千，南京唱到北京去，回来还好唱三年。”晚明冯梦龙的《山歌》十卷，便是以吴地方言状摹儿女之私情。

在冯梦龙生活的晚明时期，“钻天洞庭遍地徽”的谚语在江南一带广为流传，所谓钻天洞庭，是指吴中洞庭东、西“两山之人，善于货殖，八方四路，去为商为贾，所以江湖上有个口号，叫做‘钻天洞庭’。”（冯梦龙：《醒世恒言》卷七《钱秀才错占凤凰俦》）作为一个地域商人集团，洞庭商帮于嘉靖、万历年间初步形成。历涉江湖，驱驰南北。鸦片战争之后，上海被辟为商埠，外国资本蜂拥而入，沪上一跃而为全国最大的商业都市。洞庭商人得风气之先，纷纷抢滩上海，他们中间涌现出了不少买办人物，同宁波人一起与早先的粤籍买办鼎足而三。就这样，悠久的吴中风俗与新兴的洋场文化逐渐杂糅，从而孕育出一首中西合璧的《洋泾浜山歌》：

来是“卡姆”（Come）去是“个”（Go），
廿四铜钿“特万体佛”（Twenty—four）。
是叫“也斯”（Yes）勿叫“糯”（No）。
如此如此“塞万恩塞”（So and so）。
“西唐”（Sit down）是请侬坐，
烘山芋叫“伯达度”（Potato）。
红头阿三“开泼淘”（Keep door），①
自家兄弟“伯拉茶”（Brother）。
爷要“发茶”（Father）娘“卖茶”（Mother），
丈人阿爸“发茶老”（Father in law）。
脚叫“伏特”（Foot）鞋叫“休”（Shoe）。
洋行买办“糠摆渡”（Comprador）。

一九九五年八月

① “红头阿三”为印度巡捕。清史专家萧一山先生说：“自英墟印度，始以为根据，而侵略中国，中国所受英人之害，皆印度助其威，上海租界之‘红头阿三’即其象征矣。”（《清代通史》卷中）“Keep door”是指他们多司开关门扃（Door-Keeper 为看门人）。记不清是梁实秋还是周作人曾经在行文中写道：一幢豪华建筑，大门左边站着一个穿制服的“红头阿三”，右边站着一只不穿制服的狗（大意如此）。两相对照，可见“红头阿三”在世人心目中的形象。

祁太溜子，蒲州梆子

七十年代前期，每年五月时逢纪念《在延安文艺座谈会上的讲话》，小学里都要组织观看多场样板戏。因此，可数的几部戏竟然颠来倒去看了无数遍。或许是年少无知吧，遇上诸如“要学那泰山顶上一青松”之类冗长的说唱，小伙伴们总是纷纷离座，或外出买零食，或摸黑上厕所，或在微亮的“安全门”边踢毽子——总之，想干什么的干什么去。直到反派人物露面，才听得数声唿哨，众人稀稀拉拉地就座，七嘴八舌地学起那戏文中的台词。印象最深的是《智取威虎山》第六场《打进匪窟》——那是在威虎厅内，惨淡的几盏灯火悬挂在阴森的山洞中，满脸杀气的座山雕斜靠着椅背，八大金刚骄横地分站两旁，众小匪则立于厅内左后方。在座山雕的示意下，匪参谋长道：“三爷有令，带溜子！”至此，只听得满堂童（同）声吆喝：“带溜子喽——！”而今想起，仍觉煞是过瘾！

溜子，原是古代官员出巡时逐站传索供应的一种文件。《儒林外史》第四十二回说到官宦子弟汤大爷与汤二爷到南京参加乡试，“三场已毕，到十六日，叫小厮拿了一个‘都督府’的溜子，溜了一班戏子来谢神。”“溜子”作为官场上的某种凭信，必定要经过一番勘验。这与“天王盖地虎，宝塔镇河妖，么哈么哈”之类的黑话对答颇相类似，故而初登崔旅长门坎的“胡彪（标）”

被称作“溜子”，想来当与此有关。不过，本文所说的“(祁太)溜子”，指的却是清代中叶以后的山西票商。

山西地处万里长城的内侧，农、牧分界线之间不同生产方式所特具的互补性，使得山西商人得天独厚，早在太史公笔下就已崭露头角。及至十四世纪中、后期，明朝政府为了对付退居漠北蒙元残余势力的威胁，在绵亘万里的北部边防线上，相继设立了辽东、宣府、大同、延绥、宁夏、甘肃、蓟州、固原和山西的偏关等九个边防重镇，史称“九边”。为了解决屯军的饷糈配给，推行“开中法”，号召各地商人输粟支边。作为报酬，政府予之盐引，让他们支取所值引盐，运销各地牟利。后来商人为免飞挽之苦，相继在北方边地招民屯垦，就近纳粮上仓。由于山西土厚水深，气候干燥，谷物经年不腐，所以“三晋富家，藏粟数百万石，皆窖而封之；及开，市者坌至，如赶集然”。(谢肇淛：《五杂组》卷四)据说曾经有位粮商亢某拍着胸脯自夸道：“上有老苍天，下有亢百万。三年不下雨，陈粮有万石。”以窖粟起家的土财主之骄儿意态，溢于言表！

明朝隆庆五年(一五七一年)，蒙古俺达汗与明政府握手言欢，后者封他为“顺义王”，在沿边各地开设茶、马互市与之贸易。俺达汗和三娘子建有呼和浩特城，汉人名其所居曰“归化”。它与清初增筑的绥远城，合称“归绥”，一直是山西民众前往内蒙各地经商和屯垦的重要通道，俗称“西口”。此后，归绥与“东口”——张家口，也就成为中原与蒙古通商的两个主要市场。后来产生的陕北榆林小曲《走西口》曾唱道：

哥哥（你）走西口，小（来）妹妹也难难难难留，

止不住伤心的泪蛋蛋儿（呀哈）一答（那个）一答一答地往下流。

……

祁县、太谷、平遥一带的晋中方言喜用叠音，例如“玻璃蛋蛋”、“南瓜蔓蔓”、“西瓜瓣瓣”等，皆是其例。上述的“泪蛋蛋儿”，似亦受此影响。不仅如此，这首小曲还直接吸收了山西民歌《绣荷包》的音调，并广泛流传于长城内外的城镇乡村。就这样，大批的山西人吻别心爱的“妹妹”，携带着铁锅、茶叶、绸缎、布帛等日用品，在东、西二口及其他各边镇换取蒙古人的马匹、牛羊、皮毛和马尾。对此，近人胡朴安曾辑录：

归绥旧为土默特蒙古属，自昔汉人均以为贸易转运之场，迁徙无定。嗣后商务日盛，土地日辟，始渐有编户之氓，惟多属燕、晋之民，故其俗多类内地。（《中华全国风俗志》下篇卷九）

直到今天，在北方各地还流传着“先有复盛公，后有包头城”、“先有晋盛志，后有西宁城”等俗谚（“复盛公”和“晋盛志”都是山西商人开设的商号）。由此不难看出，三晋贾客的鳞集骈至，曾极大程度地促进了北方沿边城镇的繁荣。

山西商人外出经商发财致富后，往往携带巨赀返归乡里，窖藏货币，成为不折不扣的土财主。明人王士性曾指出：“平阳、

泽、潞豪商大贾甲天下，非数十万不称富。”（《广志绎》卷三）——指的即是十六世纪末叶的情形。此后，晋商的财富显然又有所增殖。

相传在明清鼎革之际，李自成兵败遁走山西，裹胁的金子携带不便，将之埋弃在平阳亢氏（或作康氏）园中。后来闯王猝死于湖北通县九宫山，大顺残部亦从此一去不复返。“农夫掘地富翁多”，亢氏忽拾得八百万两，特创专营汇兑的票号。另据传说，此时顾炎武也正好来到北地，于是组织镖局，雇佣了大批武功高强之人，以转运现银，承解公私款项。此外，顾亭林还与太原傅青主密谋，创立了票庄的号规，为的是操纵全国的金融业，为反清复明、图举大事张本……

上述的传说虽然绘声绘色，但却迹近齐东野语，作为票号起源的根据，显然殊难立足。不过，山西商人与镖局过从甚密，却应是不争之事实。当时，镖局在“东口”、“西口”、包头、北京、太原府和汾州府等北方各地，一年分为春、夏、秋、冬四个镖（标）期交款。例如，太谷是晋省银钱荟萃之区，由太谷起货到张家口，再由“东口”售货返回还款，即为一个“镖期”。

清雍正五年（一七二七年）中俄签订《恰克图互市界约》之后，东、西二口更成了中俄贸易的要冲。尤其是自十八世纪中叶起，在晋帮商人的推动下，逐渐形成了一条以山西、河北为枢纽，北越长城，贯穿蒙古，经西伯利亚通往欧洲腹地的陆上国际茶业商路。山西人北上出大同，经“西口”可至朔漠大荒的恰克图。这更刺激了晋中民众从商的热情。祁县的乔家和渠家，就是在此前后“走西口”，由肩挑贸易寸积铢累，逐渐从经营米粮店铺起家，发展到从事粮、当、钱、茶等多门类的商业贸易。

随着贸易额的扩大，长途贩运过程中资金调动的难题便显得愈来愈突出。当时，晋帮商人异地采购的现银调动，主要是靠镖局担负运送任务. 然而，镖局运送现银不仅开支浩繁，而且往往不能确保万无一失。其间的缘由只要看过武侠小说便可了然——镖局中武功高强者固不乏人，但山外有山，天外有天，即使是顶尖高手亦不敢心存“试看天下谁能敌”般的自负。故此，护镖失风的套路，为金庸、梁羽生等人提供了取之不尽的情节素材。尤其是在萑苻多盗梗塞道途的清代中叶,除了白莲教、天理教之类的民间宗教势力外,还有多如牛毛的各路“溜子”(小炉匠、野狼嗥们的先辈)，因此，途遇拦路劫掠就成了司空见惯的一件事。为此引起的埠际银钱交割爽期、商业信用将堕，也就一直成为山西商人的一块心病。

如何克服这种困难呢？早在唐宋时期，我国就出现了“飞钱”。当时因商业发达、钱币却相应匮乏且携带不便，在京的各地商人，遂将售货所得款项交付当地驻京机构，或交各地设有联号的富商，由他们填写半联票券，将另半联寄往各地相关的机构或商号。商人回到本地后,通过合对票券取款。此券即称“飞钱”。及至明清时期，又有所谓的汇票(会票)问世。例如，作于乾嘉年间的《邗江三百吟》曾写道：

黄鹤楼通系马台，量银才过涌钱来。

走盘不胫为奇宝，只一封书是货财。

《邗江三百吟》是扬州人林苏门所作，他指出："客有来扬贸易，其原籍亦有扬州，彼此捎带银两，殊多未便，立票汇兑，相沿已久。"这显然是指徽商和山、陕贾客将淮盐运销汉口得银后以会票汇回扬州的情形。成书时间与此差相同时的《闽中别记》（里人何求著）第三十七回也说到福建罗源县人危而亨与浙江宁波人合伙开杉木行，于是带了现银一千和二千会兑银票到福州码头盘贩杉木。八十年代初期在安徽休宁县更发现了康熙中叶徽商经营的会票实物……这些，都说明了当时的商人已有意识地利用会票解决现银调动中的难题。当然，会票的流通，并不等于说票号就已产生。这是因为：此时的汇兑事业还仅仅作为商人的兼营，往往只限于两地的拨兑，而且规模有限，商埠之间大部分的货币清算依旧沿袭传统的起镖运现的方式。不过，这毕竟为票号的诞生，积累了丰富的经验。后来的票号，实际上就是源于这种承办埠际间会票的汇兑业务进而经营存款、放款和汇兑三大业务的信用机构。

相传，平遥县西裕成颜料庄在北京、天津、四川等地均设有分庄。那时，在北京开干果店的晋省老乡很多，每届年终均要将薪金由镖局运回山西。后因运费高昂，又恐发生意外，于是常将现银交给西裕成北京分庄，再凭西裕成北京分庄写的信到平遥西裕成总号取款。起初均为朋友或亲戚关系，两相拨兑，并无手续等费，彼此有益。继则只要有人介绍或者是同乡，皆可拨兑。到后来因业务日繁而应接不暇，精明的西裕成经理发现此种现款兑拨具有厚利可图，遂设立"日升昌"专营汇兑。凡往来银钱，无论大宗小款，皆包揽收兑。此后，一纸之信遥传，百万之款立集，殊觉灵便。不言而喻，上述这种作为取款凭证的信函，亦须核对签名、笔迹，实际上与官场上作为特权的凭信以及江湖中的黑话，在性质上并无二致。职是之故，专营此业的票商亦被称为“溜子”。

日升昌的经理是平遥细窑村人雷履泰，副经理为毛鸿翙。两人原先同心协力，情谊甚笃。但日久因权利之争而生龃龉，矛盾激化后毛氏退出日升昌，投奔介休北贾村侯家，另业“蔚泰厚”票庄，不多久便生意兴隆，可与日升昌相敌。或许不是冤家不对头吧！雷履泰生子起名雷鸿翙，整日价“鸿翙”、“心肝肉肉蛋”、“我的儿欸”地叫着，心中便掠过一丝丝莫名的快意；而毛鸿翙亦当仁不让，生下孙子，起名就叫毛履泰，眼见着膝下孙儿小鸟依人般的憨态，便仿佛雷氏正俯首帖耳作雌伏状，也就情不自禁地绽开了怒放的心花。就这样，山西票号的历史便在“儿子”和“孙子”的相互倾轧间拉开了序幕。

继日升昌之后，不少晋帮商人都踵起效仿。到道光末年，山西票号已有十一家。这些票庄的总号都设在平遥、祁县和太谷三县，所以因地而异分别被称为“平遥帮”、“祁县帮”和“太谷帮”，分号则遍布于各省。其中，分号多者，如日升昌、蔚泰厚、大德通、大德恒等，都超过三十处。当时有俗谚云“日升昌汇通天下”，就形容票庄分号之众多。

票庄由办理汇兑、存放款业务，逐渐发展到替清政府汇解京饷和军协各饷，收存中央和各省官款，吸收官僚存款和给予借垫款，等等。所以，有人戏称票号为清政府的“财政部”。到二十世纪，山西票号发展到三十三家，分号多达四百余处，在全国的各大城市、商埠中均设立分号。“中国二十二行省，支分派别，尤有万里同风一气贯注之势，晋人遂以善贾闻于宇内。”（铢庵：《人物风俗制度丛谈》）不仅如此，票庄分号还曾走出国门，一直远伸到了日本的东京、大阪、神户，俄国的莫斯科，南亚的新加坡，以及英国的殖民地香港等地。在中国经济史上，或许有过与“国际接轨”的辉煌。

众多的票号，为晋中百姓开拓了一项脱贫致富的重要生计；而各地分号的巨额利润，亦源源不断地输回到晋中地区。以太谷为例：

> 民多而田少，竭丰年之谷，不足供两月。故耕种之外，咸善谋生，跋涉数千里以为常。土俗殷富，实由于此。（民国《太谷县志》卷三）

在平遥，城内多票商旧宅，高墙窄弄，巷道深长。西大街“日升昌”、南街“百川通”的铺面院，石头坡二号、西郭家巷三十九号的票商旧宅等，至今保存完整的仍不下十数处。民居的清水砖墙高大而坚实，许多墙上均有堞口以防盗贼。为炫示豪富，宅门多具装修讲究的瓦木门檐。在祁县的乔家堡，乔家大院的规模更是显得恢闳庞大。乔家大院始建于乾隆年间，始祖就是声名藉藉的“复盛公”财东乔贵发（一作华）。贵发原是穷困潦倒的光棍汉，“走西口”夤缘际会，居然发了大财。四十八岁时回祁县与一寡妇成婚，生子三人，分门立户。其中，“在中堂”一支在光绪年间开设了“大德通”、“大德恒”两家票号，拥赀钜万，亦最为奢侈。沧桑历尽之后，乔家大院基本上依然保存完好。倘若从空中鸟瞰，宅院的整体布局呈“囍”字型，分为六个大院，二十个小院，三百一十三间。院内触目皆是“招财进宝”、“麒麟送子”或“天官赐福”之类的砖雕和木雕，极尽奢侈考究之能事。透过这种岁月的雕饰，迄今仍能想象出百年之前的那场繁华旧梦。票商昔日之骄奢，在太谷一带也同样是有过之而无不及。对此，光绪年间坐馆票商家塾的乡村学究刘大鹏曾指出：

> 太谷为晋川第一富区，大商大贾多荟萃于此间。城镇村庄，亦多富室，故风俗奢侈为诸邑最。（《退想斋日记》光绪二十一年十月二十一日）

晚清时期，太谷城内贸易铺户多达一二千家，素有“小北京”、“金太谷”之称。票商巨贾将各地商埠的娱乐习俗纷纷引进太谷。其中，蓄养优伶尤显突出。原来，三晋商人在激烈的商业角逐中，为了加强商帮的凝聚力，将“大义参天、精忠贯日”的关圣帝君作为他们共同的信仰。在众多的山西会馆和晋商家中，都悬挂有关公像。不少地方还建有关帝庙，每年五月定期酬答神庥。在祭祀关壮缪时，众生意家都要在关帝庙中演戏酬神，届时“溜了一班戏子来谢神”，是历来的惯例。这些戏子大多为山西蒲州人，即使不是蒲州籍的，上演梆子戏时也得说“蒲白”。

一般认为，蒲州梆子最初的活动范围是在晋南的蒲州一带。这里原是西北黄土高原上文化比较发达的地区，明人张瀚在《松窗梦语》中曾指出：

> 渡黄河即为山西之蒲州，州城甚整，民居极稠，富庶有礼，西北所绝无仅有者。俗尚多靡，中有山阴、襄垣二王，枝派邃宇，不下二百家，皆竞为奢华。士夫亦高大门庐，习为膏粱绮丽，渐染效法。时襄垣西轩者年七十余，精神倍常，座间手书画，谈文艺，亹亹忘倦，故人皆愿交乐亲。山阴号龙田者较西轩稍约，亦出诗册索题咏，因知交游之广，一时缙绅咸仰慕之。

“襄垣”和“山阴”，都是分封于山西的藩王。其中，襄垣王逊燂是朱元璋第十三子——代简王朱桂的后裔，原先世代分封于大同，他本人则徙封蒲州。明代皇帝有鉴于靖难之役的教训，对藩王限制极严。“诸王就藩后，非请命不得岁时定省”。(《明史》卷一一七《诸王二》) 而襄垣早年孝思甚笃，虽然睽违远在大同的亲人，但却时刻牵萦着奉食服劳、悦色承欢，曾作《思亲篇》一文，“词甚悲切”。当时在蒲州的其他宗室成员也都“娴于文章”，与文人学士过从甚密。不难想象，在这样一种衣食无忧却略带伤感的文化环境中，最容易咏唱出清寒萧瑟的寂寞乐章。

传说，明成祖即位后，将不服其篡位者悉迁蒲州等地，编为乐户，世世子孙不得与民同齿，此即后世的“山陕乐户”。因此，蒲剧最善于表现《窦娥冤》、《薛刚反朝》之类悲壮凄楚的历史剧。……上述传说的根据是否确切暂且不论，但蒲剧的基本格调与蒲州独特的文化氛围相当合拍，大概是无可置疑的：在硬木梆子急促的声声敲击中，高亢激越的打击乐拍交融着人心的孤孑沦落，见证着戚畹勋贵漂泊流转的抑郁与凄伤……

票商兴起后，纷纷招集蒲州戏子。据永济韩阳镇光绪十三年(一八八七年)梨园会馆碑记记载,那时最著名的“锦霓园”、“尚梨园”两大戏班，就是由晋中祁县的土财主金某等人组建。此后，晋中地主、财东蓄养戏班，更是蔚成风尚，故而当时有“祁太溜子，蒲州梆子”的说法。

原先，晋中一带最为流行的是祁太秧歌。它是与农事活动、迎神赛会密切相关的一种民间小调，揉合了说唱、舞蹈、技艺和武术等多种娱乐形式，以简单通俗为其主要特点。秧歌队一般是由击钹、敲小锣和身背花鼓的男、女演员组成。每至一处，往往先由手持折扇的公子献上祝福，诸如“男人种地女织布，和和气气闹家务；指望今年收成好，儿孙满堂全家福”之类。接着走出几位演员，在打击乐器的轻打细敲下载歌载舞。一般说来，歌曲均为当地流传的民歌小调，如《闹元宵》、《走西口》、《小放牛》、《哭五更》、《画扇面》等。从内容上看，祁太秧歌多是即兴编词，往往朴实无华，没有丝毫文人的雕琢印痕。插科打诨，亦不乏诙谐风趣。不过，其中亦有不少剧目，将晋中民间市井街坊的淫乱新闻编入秧歌剧中，充斥着淫言秽语和露骨的下流表演：

秧歌原是南省种稻插秧农夫所歌，虽俗词俚语，颇有道理。乃北省并不种稻，并不插秧，大兴秧歌，无非淫词亵语，为私奔私约者曲绘情欲，寡妇、处女入耳变心，童男亦因凿伤元真，于风俗人心大有关系。

——光绪年间有位知州方戊昌在《牧令经验方》中曾日夕忧惶地如斯曰。

尽管此番言论不无桐城文人幽微的头巾气，尽管锣鼓响处、莲步争趋间寡妇、处女是否“入耳变心”，情窦未开的童男是否也会因此而“凿伤元真”，因史料不足征殊难遽论。但祁太秧歌将青纱帐里、红高粱地中的风吹草动直露露地搬上了舞台，确实也不能不让人觉得难避诲淫之嫌。

蒲州梆子引入晋中地区以后，由于长期为祁太的巨腹商贾演出，不得不迎合他们的口味，日久天长，逐渐与祁太秧歌等晋中民间音乐相结合，形成了以祁县、太谷为中心的“中路梆子”。此后，又随着晋中商人外出经商，广泛流传到关外（娘子关以东）和口外以及京、津一带，被称为“晋剧”或“山西梆子”。在这一过程中，剧团的成员也渐渐起了变化，晋中籍的演员逐渐增多，到后来居然完全取蒲籍艺人而代之。而且，在商业激情的驱使下，中路梆子愈来愈表现出明显的媚俗倾向。从格调上看，中路梆子少了许多原先的慷慨激昂，却平添了颇多庸俗的生活趣味。剧团在吸收女演员时常常带有生意经或卑劣的企图，专卖坤角戏，竟至形成了完全用女演员登台的偏向。经过脱胎换骨，中路梆子显然更适合文化层次低下的民众欣赏口味。在推广的同时，也降低了自身的层次。

除了蓄养戏班外，晋中的一些年节习俗也颇具特色。其中，“太谷灯节久闻名，不逊苏扬比帝京”。元宵节作为一年中灯火最旺的日子，北方素有挂红灯的习俗。例如，流行于长城内外的榆林小曲和二人台中皆有《挂红灯》一目，前几句都是这样唱的：

正月（那个）里来是新年，纸糊的（那个）灯笼挂在门前，风刮（那个）灯笼突鲁鲁鲁鲁鲁鲁转……

另一首《五哥放羊》也唱道：

正月（格）里正月正，正月（那）十五挂上红灯，红灯（那个）挂在（哎）大（来）门外……

乾隆之前，太谷的灯还主要是纸灯、纱灯、羊角灯等。道光以还，伴随着票号的崛起，太谷灯节也渐趋兴盛。巨腹商贾引进了广东的宫灯、龙灯，扬州的彩灯，使得灯节更是异军突起。直到今天，“南庄的火，太谷的灯，徐沟的铁棍爱煞人”，还作为一句名谚，广泛流传于晋中一带。所谓“太谷的灯”，以其品种繁多、制作精巧、外观美丽闻名遐迩。每逢正月十五、十六和十七三日，太谷城内张灯结彩，红火喧天，令人目不暇接。值此“火树银花不夜天”的良辰美景，人们置身于灯月交映、香车络绎的街衢巷陌，真有点天上人间浑然不辨的感觉。

事实上，这也并非完全是一时的幻觉。在晚清时期，山西和广东被称为中国最为富庶的两个省份。《清稗类钞》中有一张反映晋商财富的“龙虎榜”，其中，仅介休、祁县、太谷、榆次等县，拥有七八百万、三四百万、少则三四十万的商贾财东就有十四家。中等富裕程度的小康之家，更是不在少数。席丰履厚却无甚文化的大部分票商，在踌躇满志之余，自然是应了“饱暖思淫欲”的旧典：姬妾成群，倚红偎翠，习为故常；十五六岁的颂莲们嫁与六七十岁的糟老头，亦非稀罕：

只因富贵昧渊衷，遂使婚姻不得公。
可惜青春年少女，无端嫁了白头翁。

——留存于《退想斋日记》中的这首诗，写下了上述情形的注脚。

囊丰箧盈的票商还往往耽于吸食鸦片。据刘大鹏目击，太谷城内生意中人无一户不备鸦片烟枪，票商巨贾也无一人非瘾君子。耳濡目染，他们的子弟也往往染上阿芙蓉癖：

富商子弟，失于骄奢淫佚者甚多。近年来又加一大害，曰鸦片烟。当童稚之时，即使吸食鸦片烟，到十七八岁，遂至面目黧黑，形容枯槁，亦良可哀矣！（《退想斋日记》光绪二十三年十月初九日）

在晋中一带，吸食鸦片成了身份的象征，富家子弟以此竞相夸奢斗富。介休侯家在乾隆年间就有“侯百万”之称，后来在平遥县城开设了蔚泰厚、天长亨、蔚盛长、新泰厚、蔚丰厚五家票庄，资产曾达七八百万银两，所开设的“蔚”字商号，遍布全国三十多个商埠，成为光绪前期山西的首富。侯家子弟侯奎就经常与其他的富家子弟比富。一次，他与另一公子哥儿斗富，竟然用钱票做烟引子。流风所及，到后来，下至小康之家一直到乡僻小户，都将鸦片视同“布帛菽粟之须臾不可离，而倚之如命”。据刘大鹏的估计，当时晋中一带城镇乡村吸食鸦片者多达十之七八。即使是生活在社会最底层的民众，也都酷嗜此好，形成了越穷越抽、越抽越穷的恶性循环。揆情度理，他们虽然时刻要面对着冷酷的世界，但毕竟在吞云吐雾中感受过瞬间的快感以及飘飘欲仙般的麻木。这一点，与那些票号巨子或小康之家并无区别。而在众人皆醉之际，大概只有唯我独醒的刘大鹏辈内心才是最为痛苦的……

早在雍正年间，山西巡抚刘於义就曾经说过：“山右积习，重利之念甚于重名。子弟俊秀者，多入贸易一途。至中材以下，方使之读书应试，以故士风卑靡。”对此，雍正皇帝硃批曰：“山右大约商贾居首，其次者犹肯力农，再次者入营伍，最下者方令读书，朕所悉知。”（《雍正硃批谕旨》四十七册）及至票号兴起，这种风气更是愈煽愈炽。在票号的创始地平遥县，曾经流传着这样的谚语:“人养好儿子，只要有三人，大子雷履泰，次子毛鸿翙，三子无出息,也是程大佩。”“程大佩”亦即日升昌的三掌柜程清泮。当时，票商被推为“第一商人”，一家人如果有子弟在票号当差，那不啻为前世积德、今生走运的一件事。漫天的经商狂潮积淀而为普遍的民众心理。相形之下，芸窗奋志或皓首穷经就显得相当地微不足道。刘大鹏于此有十分深沉的感喟：

……近来吾乡风气大坏，视读书甚轻，视为商甚重，才华秀美之子弟，率皆出门为商，而读书者寥寥无几，甚且有既游庠序，竟弃儒而就商者，亦谓读书之士多受饥寒，曷若为商之多得银钱，俾家道之丰裕也。当此之时，为商者十八九，读书者十一二，余见读书之士，往往羡慕商人，以为吾等读书，皆穷困无聊，不能得志以行其道，每至归咎读书……（《退想斋日记》光绪十八年十一月十五日）

于是，下列的情形在山西一向就见怪不怪：“家有三石粮，不作童子王”，成为晋中一带著名的俗谚。“童子王”也就是半饥半饱的乡村学究。“八月十五熬活的，冬至节教学的”，将“天地君亲师”之一的学究与推磨赶驴的长工相提并论。据说在这两天，东家需要分别宴请长工和学究以示慰劳。由此滋生的一个悬想是——每年还有这么一天让东家记起人世间尚有在青灯黄卷中苦捱岁月的读书人，幸耶？非耶？恐怕只有刘大鹏辈心里最清楚不过了。（《退想斋日记》中留下过诸多慨叹，兹不赘）此外，书院、学校的硕师宿儒也往往为富家轻薄子弟攻讦；应考的生童居然不敷额数的县份，在山西更是比比皆是……这些，都让人深深地体味到在一个“县县经商、人人皆贾”的社会坐标中遍觅不着定点的那份躁动、空茫与惆怅！

读书人一生受儒家思想涵濡，在荧荧孤灯下饱读诗书，幻想着齐家、治国、平天下的经世伟业。他们自以为“天将降大任于斯人”，故而从不以个人的正心修身为足，而总是渴望成为一个“化民成俗”的“君子”：

> 士为四民之首，平居乡里，所言所行，使诸编氓皆有所矜式。（《退想斋日记》光绪二十三年正月十五日）

然而，现实的时穷境困不仅导致了理想的破灭，甚至连读书人应有的矜持和尊严都难以维持，遑论“化民成俗”的鸿鹄之志？于是，平居乡里的士人，在世风日窳的民俗嬗变中不仅显得苍白无力，而且“反为乡人所化”。救赎的使命感与回天乏力之无奈交织在一起，“不足以为士矣”的深深自责与悲叹又如何能止？

明朝弘治初年（一四八八年），有位朝鲜人“以扬子一江分南北”，对我国的民情风俗作过一番观察比照。他指出：“江南人以读书为业，虽里闬童稚及津夫、水夫皆识文字。臣至其地写以问之，则凡山川古迹、土地沿革，皆晓解详告之。江北则不学者多，故臣欲问之，则皆曰：‘我不识字。’就是无识人也。”（崔溥：《漂海录——中国行记》）大约过了一百余年，谢肇淛也曾引用《绀珠集》的记载说：“东南，天地之奥藏，……其人剽而不重，……西北，天地之劲力，……其人毅而近愚，……”“剽”是轻捷、聪慧的意思，与西北之“近愚”形成了强烈的反差。《绀珠集》见南宋陈振孙《直斋书录解题》卷十一，为朱胜非杂抄诸家传记、小说而成。谢肇淛认为，“此数言足尽南北之风气，至今大略不甚异也。”（《五杂组》卷三《地部一》）在明清时期，尽管形成南北风俗文化的地域差异有着多方面的原因，其中自然也包括悠久的文化传统和民俗传承的因素，但徽商、西贾作为两个最大的商界巨擘，他们的足迹遍及海内，其不同的乡土背景所留下的烙印，无疑使得这一地域差异愈来愈明显。

在十六、十七世纪之交，称雄海内的商界巨擘，江南首推徽歙，江北则非山陕人莫属。及至清代，就其重点活动的范围而言，徽商、西贾基本上仍是隔江骈肩称雄。一般说来，凡是徽商聚居的地方总是市镇发达、文风蔚盛之区；而三晋贾客所到之处，虽然也使得廛市喧嚣，但在文化上却不曾有过多少建树。例如，汉口号称“九省通衢”，徽商、西贾麇集骈至。殊异的乡土文化背景，就给汉上民众留下了截然不同的印象。据范锴的《汉口丛谈》记载：

> 汉上盐鹾盛时，竞重风雅，四方往来名士，无不流连文酒，并筑梵宫琳宇上下五六处，为公宴处。镜槛晶窗，洞房杳冥，咸具竹石花药之盛。且半临后湖，可舒远观，白云漾空，绿阴如幄，斜阳返映，影动于琉璃屏户间，宛如身在画中。每当雅集，相与覃研诗词，品论书画，时或舞扇歌裙，浅斟低唱，大有觞咏升平之乐。

那些慕悦风雅的商人，大部分都是来自扬州、“亦儒亦贾”的徽商。尽管山西商人的财力丝毫不亚于徽商，票号在汉口设立的机构也位居全国各城镇之首，但他们的形象却实在是粗鄙不堪。汉口当地俗呼晋帮为“老西”或“侉子”。“侉子”是极不礼貌的称呼，指口音与本地语言极不相同的人。而所谓“老西”之“西”，据说有两层涵义：其一自然是指山西地处太行山以西。其二则通“醯（xī）”。《礼记·内则》有“和用醯”的记载。唐陆德明释文曰：“醯，酢（醋）也。”故而，“老西（醯）”指的是山西票商酷爱吃醋的癖好。除了醋坛子外，葱蒜显然也深受青睐。对此，叶调元有一首竹枝词这样调侃道：

> 高底镶鞋踩烂泥，羊头袍子脚跟齐，
> 冲人一阵葱椒气，不待闻声识老西。
>
> ——《汉口竹枝词汇编》卷五

这是指晋帮商人“性嗜葱蒜，天雨不着钉鞋，袍子必用羊头而加长”的习惯，这种呷着酸醋食必葱蒜衣必羊袍的形象和装束，虽然颇具特色，但又怎能跻身于斯文之列？因此，汉上的文人雅集，很少有晋帮商人加盟。在世人心目中，“晋陋而实”（谢肇淛语），洵为的评！“实”是指山西人特有的厚道和忠诚谦和，而“陋”则点明了晋帮因缺乏文化素养而形成的木讷与迟钝。清人纪晓岚曾指出：“山西人多商于外，十余岁辄从人学贸易，俟蓄集有赀，始归纳妇。纳妇后仍出营利，率二三年一归省，其常例也。或命运蹇剥，或事故萦牵，一二十载不得归。”（《阅微草堂笔记》卷二十三）据说，票庄分号夥友的任职轮换就具有一定的年限。曾有某商娶妻出门后，多年未归。适新年赴春宴，座中多本乡人，坐谈间，询及令郎几位。答云：“三个犬子，长十岁，次八岁，次六岁。”又问几年未归。答曰：“十一年。”同伙者计其所言大误，回店责之。某亦悟，乃秉烛亲叩各同席之门。内问谁，答曰：“我内中又回去两次。”至彼处，亦曰：“我内中又回去两次。”此虽票商笑柄，却也颇为典型地勾勒出晋帮之形象。

黄土高坡孕育了陋实的晋帮商人，而随着劲吹的西北风“从坡上刮过”，后者又深深地影响了北中国这块广漠的土壤。在北方的各大城镇，晋商有着举足轻重的影响。对此，明人谢肇淛就曾指出：

> 九边如大同，其繁华富庶不下江南，而妇女之美丽，什物之精好，皆边塞所无者。……故谚云：蓟镇城墙，宣府教场，大同婆娘，为三绝云。(《五杂组》卷四《地部二》)

大同原是边徼荒镇，因晋商的纷至沓来，才形成了“繁华富庶不下江南”的盛景。谢氏所记的“三绝”如果再加上“朔州营房”，那就是沈德符笔下的“口外四绝”。其中，所谓大同婆娘，原是指大同府为代简王的封国，简王纳中山王徐达之女为妃。因事力繁盛，又在极边，所蓄乐户较他藩多数倍。朝朝弦管，暮暮笙歌，极尽欢会与浪漫。在这极目眺望可见大漠孤烟直的口外，秦时的明月曾照临过汉时的关墙。曾几何时，繁华消褪，歌舞管弦亦风流云散。(《万历野获编》卷二十四）此后，“大同婆娘”之名虽存，但却越来越流于猥亵。由此衍伸出的边镇“晾脚会”，居然成为北地的一大民俗景观而艳称于海内，直观地展现了一个没有精英文化支撑的世俗化社会对于市井趣味登峰造极的追求。

上述的“宣府教场”之宣府，在明代亦为九边重镇，清初改置宣化府。在清代中后期，游宣化者竞言宣化有“小脚会”。据《印雪轩随笔》记载：

> 其会于五月十三日举于城隍庙，庙前长街数里，两旁民居稠密。先会数日，其亲串之靓妆炫服而至者，络绎不绝，届期庙中演剧酬神，百戏竞集，游人杂沓，与士女之进香者肩相摩、踵相接也。其不往游及既游而回者，大率排坐门前，多或十余人，少亦五六人，粉白黛绿，弥望皆是。视其裙底莲钩，纤小者居多，遂至称于远近。

尽管这是否算得上是“小脚会”，《印雪轩随笔》的作者俞鸿渐仍有异议。但在大同，“晾脚会”或“小脚会”确实成了传承已久的一种畸俗。

所谓晾脚会，也就是小脚博览会。届时，已婚的少妇，未嫁之少女，各各携带着高矮不等的两个凳子，到约定俗成而且尽人皆知的那条街道去，坐在高凳上，款款地解开裹脚条子，然后从容地将脚摆在面前的矮凳子上，任肩摩毂击、人头攒动的与会者观赏、品评。

如果一个女人“现露尖尖十指葱，金莲窄小刚三寸”，那她会受到众人格外的瞩目。当她柳腰款摆、轻移莲步离开会场时，会有许多人簇拥着，一直目送着她回到家门。其盛况空前令人想起从前披红挂彩、遍游里坊的科举状元。从此，众口喧传，无论是茶余清谭还是豆棚闲话，到处都流传着“三寸金莲”的芳名……

而后呢？再接下去的故事，或许在张艺谋的“东方形象”中已得到了充分的展示——在祁县的乔家大院中，背景色调以黯淡的绛红衬托出一片空茫，点灯、捶脚……当大红灯笼高高挂起时，里五外三的穿心楼院内，正反反复复地演绎着妻妾成群的往事。

一九九四年六月

一张苦嘴，一把笔刀

老祖宗创造的汉字具有独特的神韵，常会引起文人们丰富的联想。有时，尽管是牵强附会，但形、义浑然一体，令人拍案叫绝。绍兴的“绍”字，便是一例。不知是谁曾将该字的繁体“紹”做过这样的概括：“搞来搞去，终是小人；一张苦嘴，一把笔刀。”① 于是，一副活脱脱的绍兴师爷形象就栩栩如生地浮现在眼前。

绍兴，位于浙江省的宁绍平原上。清时绍兴府下辖山阴、会稽、萧山、诸暨、余姚、上虞、嵊和新昌八县。自南宋以来，

---

① 类似的文字游戏，还有将“紹輿”二字拆成——“拗七拗八，一枝刀笔，一张利嘴；到处认同乡，东也戤半个月，西也戤半个月（戤，旧时指工商业者仿冒别家牌号以招揽顾客，这里是形容绍兴人扛着“师爷正宗”的招牌混迹四处），一言以蔽之曰：八面玲珑剔透。”近读美国学者 James H. Cole 寄赠的专著——《绍兴：十九世纪中国的竞争与合作》（Shaohsing：Competition and Cooperation in Nineteenth Century China，亚利桑那大学出版社一九八六年版），中引绍兴的一句谜语（riddle），称：

半幅经编，（Half baked）
全凭刀笔糊口。（Completely relies on scribbling to fill his mouth）
处处认同乡，（Knows fellow natives everywhere）
半月住西边，半月住东边，（Each half month takes opposite sides）
一条光棍，（A hired gun）
到底不成人。（The bottom line：not quite a man）

——一九九五年八月又及

这里就是东南一带文风最为炽盛的地区之一。一般百姓都孜孜以诗书教子，行商坐贾、贩夫走卒也大都能看书识字。乃至明清两代，由于人口的增多，绍兴成了一个地狭人稠的地区。这样的生活环境，迫使大批的绍兴人不得不外出谋生，尤其是以砚田笔耕，游幕四方。

绍兴府之所以有很多人选择“师爷”这一行当，主要是因为当地的科举竞争相当激烈。孔乙己之类的读书人，虽然写得一笔好字，也知道“茴”字有“四样写法”，但终于没有“进学”，只好穿着长衫站在曲尺形的大柜台前借酒浇愁，用“君子固穷”、“者乎”之类聊以自慰。即使是考中秀才，前景也并非一下子就能豁然开朗。据统计，在明代，绍兴府产生了九百七十七名进士，在全国仅次于江西省的吉安府。而到清代，该府产生的进士数又多达五百零五名（这是严格以绍兴本籍为断，不包括侨寓各地考中进士的绍兴人及其后裔），居全国科甲排行榜的第六位。因此，一个绍兴人要考中进士甚至举人，比起文风不那么盛的地区来，付出的努力更为艰辛。在这种情况下，困于场屋的绍兴人为数至多。在古代，科举中名落孙山的读书人大多走上充当三家村学究的道路，但乡村私塾教师的待遇是很低的。例如，《醒世姻缘传》里教私塾的束修是每月一两；《儒林外史》第二回讲周进教馆，在乡下教“七长八短几个小孩”，每年的收入才十二两。如此微薄的收入，使他们常年挣扎在贫困线上，饱受人情冷暖和世态炎凉。与此相比，充当官府幕宾的待遇则相对要优厚得多，他们的收入通常是前者的数倍至数十倍。（汪辉祖：《佐治药言·自处宜洁》）除了现实经济利益的诱惑外，充当游幕之士，还出于自我心理上的一种慰藉。著名的“绍兴师爷”、萧山人汪辉祖在回忆自己习幕的动机时这样说道：

> 我们这些人因科举扬名不成，转而寻找职业谋生，只有习幕一途，与读书最为接近，所以从事的很多。(《佐治药言·勿轻令人习幕》)

因此在清代，“绍兴刀笔”与“徽州算盘”（指皖南的徽商会做生意）一样闻名天下，当时有“无绍不成衙”之说。于是，“绍兴师爷”成了约定俗成的一种称呼。

其实，师爷之所以冠以“绍兴”二字，并不是说绍兴府的八县人人都学幕，也不是说除了绍兴府以外就无人习幕。而是因为有很多很多的绍兴人从事这份职业，从而给人留下的印象是——师爷非绍兴人莫属。李伯元《文明小史》第三十回中说：

> ……绍兴府有一种世袭的产业，叫做作幕。……说也奇怪，那刑钱老夫子，没有一个不是绍兴人，因此，他们结成个帮，要不是绍兴人就站不住。

另外，“师爷”中的“爷”字，也不是什么人都好称呼的。县令叫县太爷，这是父母官；范进中了举，也才有人忙不迭地喊老爷。那么，游幕之士凭什么也有资格称“爷”呢？原来，清代上自总督、巡抚官署，下至州县衙门，都聘请几位有才识、能干的人处理行政事务，称为幕友（也叫幕府、幕客、幕宾、幕僚、馆宾、西宾和宾师)。以州县为例，幕友有五种：一是“刑名”，负责审理、裁决民刑案件；二是“钱谷”，主管征收钱粮赋税，开支各种费用；三是“书记”，负责缮写公私信函；四是“挂号”，负责往来文件的处理；五是“征比”，主管征收田赋的考核。一般说来，地处冲要、事务繁多的州县设幕友十余人，而偏僻的则仅有二、三人。在这五种幕友中，尤其是刑名、钱谷，关系到地方官每年的考成以及老百姓的身家性命，所以地位最尊。州县的长随、胥吏等仆从，尊称他们为“师爷”。

既然有资格称“爷”，那么必有其相应的待遇。首先，幕中数席，有“小席”和“大幕”之别。书记、挂号和征比等是小席，每年的收入不过四、五十金至百金，而刑、钱两席一年的收入常常抵得上上述各席几年的收入，(《佐治药言·勿轻令人习幕》)其中有些人甚至号称“千金大幕”。其次，州、县幕友六席之中，书记、挂号和征比，除了由权贵引荐外，刑名和钱谷两席也有资格引荐。

由于刑名和钱谷两席在幕友中地位独尊，所以一般习幕的人都渴望将来能当上刑、钱师爷。就像现在进大学专业有热门和冷僻之分一样，毕业后找工作也有难易之别。学习刑名、钱谷的往往被官僚衙署争相延揽，而书记、挂号和征比，想找个入幕的地方就不那么容易了。所以，专门培养幕友的汪辉祖说：

> 投到门下习幕的人，我一定要先看他的才识，如果不堪造就为刑名和钱谷，那么，四五月内就叫他改习它业。

汪氏继而指出，充当乡村学究还可以温习功课，以图在科场上东山再起；弃学从商也还有机会发财；而“作幕二字，不知误尽几许才人”。最后，他谆谆教诲说，选择职业千万得先掂量一下自己的轻重，“未成者可改则改，已业者得休便休”，（同上）免得自误平生！

那么，什么样的人可堪造就呢？张廷骧在《赘言十则》中指出：“刑名虽小道，要非才、识、学不可。”显然，这里是套用了唐代刘知几的“史才三长”的著名理论。具体而言，则有三类：

一是识力俱卓，才品兼优，例案精通，笔墨畅达——这是最上乘的人选。

二是人品谨饬，例案精熟，笔下明顺者——此为其次。

三是人品不苟，例案精熟，而笔墨稍逊者——又在其次。

其中，才识是最重要的。这主要是指幕友要有敏锐的眼光，善于揣摩幕主上司的心理，与其他衙门互通声气，从而达到为幕主排忧解难的目的。如雍正朝河东总督田文镜门下的邬先生，就是这样一位绍兴名幕。

据说，他曾问田氏说：“公欲为名督抚耶？抑仅为寻常督抚耶？”

田曰：“必为名督抚。”

曰：“然则必任我为之，毋掣我肘矣。”

田诘之，则曰：“为公草疏上奏，然不能令公见，疏上而名成矣。”

田文镜许之，结果宠遇日隆。原来，隆科多为雍正之舅，有拥立功，既而骄恣不法，世宗深苦之。邬早窥知上意，故疏上而隆果获罪，田则备受青睐。此后，邬因某事与田龃龉，怫然而去。从此，田文镜的奏疏经常引起龙颜不悦，并多次被严词谴责。不得已，只好重金聘请邬氏归来。当时雍正皇帝也知道邬在田幕，每次请安折至，有时硃批曰："朕安，邬先生安否？"（徐珂：《清稗类钞·幕僚类》）

显然，杰出的绍兴师爷往往能够让幕主如鱼得水，自己也因此身价百倍。

在幕师眼里，至于其他文理不通、天资愚钝的，似亦不必误入此途。

自己的分量掂过，也下了决心之后，就可以开始习幕的课程。过去学幕，有专门的学识和训练，称为"幕道"或"幕学"。张廷骧编纂的《入幕须知五种》（光绪年间刊本），就是专门阐述幕学的几部著作。撰写者都是乾隆以后的幕学名师，其中有吴江人万维翰的《幕学举要》，萧山人汪辉祖的《佐治药言》、《续佐治药言》、《学治臆说》、《学治续说》、《学治说赘》，钱塘人王又槐的《办案要略》，佚名所著的《刑幕要略》，等等。其中，汪辉祖的《佐治要言》和《学治臆说》二书的刊本，在社会上流行最广，从这一点上也可以看出世面上对绍兴师爷的迷信程度了。

由于幕友分刑名、钱谷、书记、挂号和征比五种，所以习幕者也要学习这五方面的知识。当然，刑名和钱谷是其中最主要的两个项目。

刑名学习的主要内容是明习律、例。什么叫律、例呢？律是法律条文，例是作为判案依据的判例、事例、成案和条例。打个比方说吧，律文像是《本草》之类的医书，而例案则是临症行医的个案记录。个案记录纷繁复杂，治法也各有不同。因此，一个好的医生，既要具有系统的专业知识，又要有丰富的临床经验，而后者正需要老医师手把手地言传身教。与此相似，学幕师徒之间的传授，主要就在这些办案的技巧。在封建法制系统中，例案的作用往往要超过律文本身。清代很重视“例”，乾隆以后条例每五年一小修，十年一大修，但律文却很少变更。由于律文既成具文，不能适应整个社会的发展，例就变得越来越多。或一事专设一例，或一省设一例，或因此例而生彼例，经常相互歧异。这就给不肖的师爷以上下其手的可乘之机。记得前不久电视上播放的连续剧《戏说乾隆》，虽然是“满纸荒唐言”，但有一句台词却给我留下了深刻的印象。与乾隆皇帝粘粘乎乎的女侠沈芳四处寻找仇人，为冤死的父亲报仇。当屏幕上两人缱绻缠绵、难舍难分之际，面对着姑娘的哭诉，充当骑士的乾隆（也就是那位“四爷”）对于朗朗乾坤下官府的黑幕显然有点震惊，他大惑不解地问：“有大清律法在？”这话问得好！不过，皇帝老子自然有所不知（果真不知？），律法是死的，例案却是活的。《官场现形记》第二回说：“州、县虽是亲民之官，毕竟体制要尊贵些，有些事情自己插不得身，下不得手；自己不便，不免要仰仗师爷……”州、县官僚既要仰仗师爷，那么，判案的轻重就全看刑名老夫子手中握着的那把笔刀了。比如说对奸情案的判处吧，根据清代师爷们的描述，奸案主要有“和奸”和“强奸”之别。所谓“和奸”是指奸夫、淫妇两人苟合成奸，大致相当于今天人们所说的“通奸”；而“强奸”必须有强暴之状、妇人不能挣脱，又须有旁证并且损伤肤体和毁裂衣服等情节。强奸可判处绞刑，和奸则判罪要轻得多。另外，介于此两者之间，还有所谓的“强合以和成”，亦即受害者先是遭受施暴者的强行威胁，继而半推半就，成其桑间濮上之事。遇到这种情形，也当作通奸论处。王又槐在《办案要略·论犯奸及因奸致命案》中曾列举了这样一个例案：

> 白日图奸，多在孤村旷野，邂逅相遇，淫念顿起，其事多系一人。十五岁以下之幼女，或可强合；十六岁以上之少妇难成。但妇女孤行无伴，多非贞节，其奸后泄露者，非因许给赀财，被其诈骗，即思恐吓讹诈，讳和为强也。

这很让人联想起许多师爷的同乡、未庄人阿Q的那句名言：“一个女人在外面走，一定想引诱男人！”运用这种“诛心”的手法，单单是推究受害者的居心蓄意如何，不是就可以得出“和奸”的结论么？这或许可以称之为“幕学心法”。

当然，我上面讲的是不肖的师爷。本文一开头所说的“搞来搞去，终是小人”的形象，也就渊源于此（这是“小人”的第一层涵义）。其实，正直的游幕之士是非常注重操守的。以明代理学家王阳明的故乡余姚县为例，不仅士大夫官僚都以名节相尚，而且，当地越是贫寒的人越是傲亢自矜，具有一种特立独行的气节。这体现在学幕的课程中，就有一个很重要的方面，即品德修养的学习。幕师谆谆教诲初涉此道者，为人处世要修身立品、刚正不阿，对幕主要“居宾师之位”。（张廷骧《赘言十则》）什么叫“居宾师之位”呢？就是要做幕主的良师益友，知无不言，言无不尽，而不要俯首乞食、敛眉就衣，屈从于幕主，唯命是从。因此要求做到三点——尽心，尽言，不合则去。所谓尽心、尽言，指的是如遇地方有利当兴，有弊当革，刑罚不平，催征太急，弭盗救荒，劝学除暴等，都须忠告幕主。所谓不合则去，是因为幕主的官禄是百姓的民脂民膏，而师爷的束修也正出自官禄，因此也是民脂民膏。如果对不肖幕主不加劝谏，任其为非作歹，自然对不起黎民百姓。而直言相劝，又难免不触怒幕主，引起主、宾失和。一旦出现这种“礼貌衰，论议忤”的情形，正直的师爷们就会佛然而去，决不会为五斗米折腰。鲁迅先生曾说过：“我们绍兴师爷箱子里总放着回家的盘缠。”这大概可称得上是绍兴师爷的气节吧！

除了刑名老夫子以外，钱谷师爷也是相当重要的。台湾作家高阳曾指出：钱谷师爷的本事不在算盘上，在于能了解情况，善于应付几类人，如衙门书办、地方官绅、讼棍和过往漕船等。（《胡雪岩》）这话一点不错，只是打起算盘来，钱谷师爷的水平恐怕也不亚于徽州商人。《官场现形记》第四十一回说过：“向来州县衙门，凡遇过年、过节以及督、抚、藩、臬、道、府六重上司或有喜庆等事，做属员的孝敬都有一定数目；甚么缺应该多少，一任任相沿下来，都不敢增减毫分。此外，还有上司衙门里的幕宾，以及什么监印、文案、文武巡捕，或是年节，或是到任，应得应酬的地方，亦都有一定尺寸。至于门敬、跟敬，更是各种衙门所不能免。另外府考、院考办差，总督大阅办差，钦差过境办差；还有查驿站的委员，查地丁的委员，查钱粮的委员，查监狱的委员，重重叠叠，一时也说他不尽。诸如此类种种开销，倘无一定而不易的章程，将来开销起来，少则固惹人言，多则遂成为例。所以州、县帐房一席，竟非有绝大才干不能胜任。”在李伯元笔下，晚清时期的钱谷师爷一般都是由州、县官员的亲属充任。

此外，其他的小席也不是没有什么可说的。最突出的是他们与刑、钱师爷共同创造的“江山千古长流水”的分类法，将汉字按“江”、“山”、“千”、“古”四字的第一笔，点、直、撇、横分四部，较部首分类简便得多，容易检查。他们的笔记标题、案牍索引，各种簿册都按这样分类。应该说，这是中国档案管理史上一个不小的创举。

除了幕府师爷外，各地衙门中的胥吏，绍兴人也相当之多。他们也同样是凭藉一张苦嘴和一把笔刀谋生的绍兴人，只是较之一般的幕友地位更为低下，所以“小人”的第二层涵义就指这些人。尤其是在北京的绍兴刀笔吏最为有名。对此，晚明时期杰出的地理学家王士性曾指出：

> 绍兴、金华二府，人多壮游于外。如绍兴府的山阴、会稽、余姚三县，因生齿繁多，本地的住宅、田地连一半的人口都养活不了，其中灵巧、敏捷的绍兴人到北京充当胥吏。从中央政府的九卿到一些清水衙门的胥吏，无非越人；其次是充当商贾。因此，当时

在北京西南一隅，上述三县的人鳞次栉比。(《广志绎》卷四）

由此可见，因地瘠人稠，曾使许多绍兴人不得不呼朋引类地外出谋生。及至晚明和清代，如此众多的绍兴人背井离乡，以致绍兴师爷和胥吏在全国各地随处可见。那些服务于中央政府各机构的人们，常常选择邻近北京的京县——宛平和大兴久居，以便其职业能世代相传。清代宛平和大兴两京县，共出了六百九十一名进士，仅次于杭州府的仁和和钱塘二县，位居全国科甲鼎盛的地区之列。据研究，该两京县的许多进士，都是绍兴人的后裔。以清初至十八世纪末叶为例，从一六四四年到一七八四年，绍兴府出的进士总共有二百六十六名，其中就有五十七名注籍于大兴和宛平二县。

至于说迁居京畿一带充当胥吏的绍兴人究竟有多少，不得而知。不过，晚清时期曾有人估计说，当时京师城内人口约六十余万，其中官僚有二十余万，他们的眷属、仆役连同胥吏等，总共也多达二三十万。(《汪穰卿笔记》）其中，中央六部中以户部书吏为数最多（达千余名之众)。他们主管着各省每年的款项报销，如数十万到上百万的军费报销。户部胥吏常常借故拖延，有时报销一案，需时数年之久，因此必须预先打通关节，用于打点的费用有的甚至可达数十万至数百万不等。所以户部书吏之富，可埒王侯，当时有“阔书办”之称。除了户部以外，吏部、兵部胥吏的人数虽然少于户部，但也有不少油水。由于文、武官员升迁，都要到两部申请，书吏因官缺的肥瘠索取贿赂，关节不到，不是驳斥，就是耽搁。所以外官得缺，必须到吏部打点。工部尽管平时是清水衙门，但一遇国家有大工程，书吏常能牟取暴利。故而工部书吏多是好事之徒，就像棺材铺老板希望瘟疫流行一样。礼部一向以“穷署”著称，不过每逢会试，或皇室大婚、国丧之年，他们虽然忙得不亦乐乎，但仍然乐此不疲。刑部书吏则私下里总是眼巴巴地盼着外省每年都有大案发生，以便藉此敲诈勒索。由于油水很足，六部胥吏大多生活优裕，起居服饰相当奢侈。对此，光绪时人夏仁虎在《旧京琐记·俗尚》中曾指出：

> 都中土著，在士族工商而外皆食于官者，曰“书吏”，世代相袭，以长子孙。其原贯以浙绍人为多，率拥厚资，起居甚侈——夏必凉棚，院必列磁缸以养文鱼，排巨盆栽石榴，无子弟者亦必延一西席，以示阔绰。讥者为之联曰：“天棚鱼缸石榴树，先生肥狗胖丫头。”其习然也。

凉棚、磁缸、文鱼、石榴，营造出典型的江南民居氛围。当时，尽管离明代迁都北京已数百年，但南北风俗文化的畛域仍未能完全消失。不仅北方人看不惯浙绍一带的先生、肥狗和胖丫头；而且，南方人也时常嘲讽北方人的行为举止。举个例子来说吧，一般说来，曲中诸姬往往能开风气之先，她们的生活方式常代表着一地的时尚所趋。然而，对于阅尽“秦淮风月广陵春”的江南人看来，“京师妇人”虽然自明代起就相当有名，但曲巷幽闺简直令人不堪。《长安客话》卷二有一首嘲《北地巷曲》这样写道：

门前一阵车马过，灰扬。那里有蹋花归去马蹄香？
绵袄绵裙绵裤子，膀胀。那里有佳人夜试薄罗裳？
生葱生蒜生韭菜，腌脏。那里有夜深私语口脂香？
开口便唱冤家的，歪腔。那里有春风一曲杜韦娘？
开筵空喝烧刀子，难当。那里有兰陵美酒郁金香？
头上鬏髻高尺二，蛮娘。那里有高髻云鬟官样妆？
行云行雨在何方？土炕。那里有鸳鸯夜宿销金帐？
五钱一两等头昂，便忘。那里有嫁得刘郎胜阮郎？

当然，这里强调南北风俗习惯的不同，并不否认大批移民的进入对于京师风俗的影响。其实，纷至沓来的浙东一带的绍兴人和宁波人，便给京师带来了一股强劲的“南风”。道光时人梁章钜就曾指出，当时有“绍兴三通行”之说，即绍兴师爷、绍兴口音和绍兴酒。

在梁氏笔下，绍兴师爷虽然并不是个个都身怀绝技，但当时却横行各直省，“恰似真有秘传”。（《浪迹丛谈》第四卷）而绍兴口音实系南蛮鴃舌，居然远近通行，绍兴师爷都不肯改习官话，而以操土音为荣，令人百思不得其解。不过，这种情形与时下广东大款四出、粤语横行天下，颇有异曲同工之妙。

其实，绍兴乡音的流行，可能自晚明就已经开始。万历时人沈德符曾指出：明代自宣德年间以后严禁官妓，京中缙绅百无聊赖，于是小唱盛行。所谓“小唱”，是指在缙绅宴席上侑酒主觞的姣童。小唱有南、北之分，充当者北派有山东临清、河南开封、河北真定、保定各地的儿童，南派则主要是绍兴人和宁波人。在京师娱乐圈中，南派不仅出现得早，而且显然也占了上风。因此，后起的北派小唱，“必伪称浙人”。

除了浙东乡音的流行外，绍兴酒也风靡一时。山阴、会稽一带水质极好，最利于酿造佳酒，所以绍兴酒很早就见诸载籍，南朝梁元帝《金楼子》中就有“山阴甜酒”的记载。及至晚明，随着绍兴人的大批外出，绍兴老酒也大批量地生产。此后，由于绍兴师爷在各地衙门幕府中逐渐占据了重要的地位，绍兴酒开始大盛于世。著名诗人袁枚在《随园食单》里就指出：“今海内动行绍兴。”到了清朝嘉庆、道光以后，绍兴酒更是风行海内。至二十世纪三十年代，当地的绍兴酒酿坊，曾达二千余家，年产达六万多吨。迄至今日，在江浙一带绍兴酒仍然受到许多人的青睐，“鉴湖”、“沈永和”、“会稽山”、“古越龙山”……无不散发着诱人的香醇……

入夜，窗外雨声淅沥，枯坐灯下，一盅略带温意的花雕在握，信手翻阅案头泛黄的《入幕须知五种》，不知当年远离故土、寒夜孤灯下舞文弄墨的师爷们是否也有这份闲适？

一九九三年暮春

作幕吃儿孙饭

“那赵家的狗何以看我两眼呢？”——狂人瞪着纳罕的眼，惊惧地望着四周……

绍兴覆盆桥周氏家族中，有十来个人当过师爷；姻娅友朋中，亦不乏笔耕墨耨的游幕之士。据周作人讲述，鲁迅先生有两个生精神病的亲戚：

> 一个是郁四，在华北游幕，忽然说同事要谋害他，逃到北京，告诉鲁迅说他们怎么追迹他，住在西河沿客栈，听见楼上的客深夜橐橐行走，知道是他们的埋伏，赶紧要求换房间，一进去就听到隔壁什么哺哺的声音，也在暗示给他，他们到处都布置好，他再也插翅难逃了。据说他那眼神十分可怕，充满了恐怖，阴森森的显出狂人的特色，就是常人临死也所没有的。鲁迅给他找妥人护送回乡，这病后来也就好了。他的老兄郁大也是同样情形，只知道他在由杭回绍的途中，遇见对面来一小船，欻然过去，听得船中人说话有“大少爷”三字，他立刻变色，说这即是他们一党，对他表示他们认识他，知道他今天回来，以后就要来找他的。(《知堂集外文·〈狂人日记〉里的人》)

郁大、郁四兄弟二人，就是《狂人日记》中那位迫害狂患者的原型。而迫害狂的幻想，则源于绍兴师爷对轮回报应的恐惧。

在绍兴，“作幕吃儿孙饭”是一句尽人皆知的著名谚语。“作幕”也称“幕师爷”，是绍兴人对官府幕友的一种尊称。据光绪时人范寅的描述：“分刑名、钱谷两学，越士救贫多业此。”（《越谚》）在十七、十八世纪，绍兴一带外出游幕的读书人不下万家。其中，刑名是州县幕友中的第一大席，收入颇丰，故而成为许多绍兴人趋之若鹜的重要行当。不过，在世人心目中，充当刑名师爷是有损阴骘的一件事。所以，上述的那句谚语，亦作“刑名吃儿孙饭”——当了刑名师爷，就是在吃儿孙后辈的饭。换言之，也就是做了刑名，往往会遭报应，落得断子绝孙的下场。

在清代，学当刑名师爷，也叫“习申韩之学”。“申”是指申不害，“韩”亦即韩非子。所谓“申韩之学”，也就是《汉书·艺文志》所说的“法家者流”。这一派主张释情而任法。其中，走向极端的法家“无教化，去仁爱，专任刑法而欲以致治。至于残害至亲，伤恩薄厚”。因此，几千年来，法家的形象是一种烈日秋霜般的刻薄寡恩。故而，绍兴有一句谚语说：“依律法打杀者，造孽已多。”（汪辉祖：《梦痕录余》）老吏断案，笔孽深重。入幕伊始，刑名师爷也就背负着一份沉重的“原罪感”。

在另一方面，传统的中国社会是一个礼治的社会，法律制度极不完善，历来就有“春秋决狱”的说法，亦即儒家的经典也具有法律的效力，常被引来决断刑狱。虽然儒家谈德治，原本与法家刑名之学相对立，但自汉武帝“罢黜百家，独尊儒术”以来，经公羊学大师董仲舒、公孙弘等人的改造，儒、法呈合流趋势，形成了一整套“德主刑辅”、“礼法并用”的儒家法学理论。所以到汉志的年代，法家已非申韩时代的面目了，而是“信赏必罚，以辅礼制”的一副新面孔。不过，合儒术名法于一家，虽然似乎给烈日秋霜下的大地平添了些微和煦的春意，但却丝毫没有减轻刑名师爷的那种“原罪感”。为什么呢？这是因为从此以后，同样一个案子，就有了两种不同的问罪标准。譬如，清代有一桩官司久未结案，案情实际上再简单不过了：一个弟弟殴死他的哥哥。然而，就是这样简单的一桩案子，师爷们却争得不可开交。虽然案子经反复详审，罪犯也供认不讳，确实没有丝毫的冤枉。但被告家中四代单传，到他父亲这一辈才生了两个儿子，现在一个死于非命，一个又要伏罪，这样，五世之祀眼看着就要断绝了。从儒家的观点来看，兴灭继绝为道义所在，圣人不是常说“不孝有三，无后为大”么？断子绝孙自然是值得怜悯的一件事。但从法律的角度论，兄弟为五伦之一，杀死兄长就是灭伦，杀人者抵命，灭伦者必诛，为死者伸冤，亦维护社会正义之所在。于是，双方展开了激烈的论争。主张赦宥被告的振振有词地认为，自己这样做是出于“仁”。他会代死者立言，指出——从死者方面来看，处决弟弟，虽然自己的冤情得到伸张，但因此而绝了祖、父的后祀，如果九泉下有知，也一定不愿看到这样的结局。论者并且拿出自己的看家本领——“诛心说”推测道：愿意看到这种结局的人一定是个毫无心肝的不孝之子。言下之义，也就不必为之复仇伸冤了。而主张处决罪犯的则又会说：“情者，一人之事；法者，天下之事也。”倘若仅因为只有兄弟二人，弟弟杀死哥哥，由于哀其绝祀而都不抵罪，那么，杀兄夺产的事就会多起来，这样的话，还能用什么样的法律来纠正人伦风纪呢？

在清代的许多例案中，充满了类似的两难选择。在这种情况下，案情的如何论定，往往取决于“师爷笔法”的优劣。“师爷笔法”也叫“师爷气”，从根本上讲，也就源于读书人的一种基本功或笔墨游戏。例如，大哥教狂人“做论，无论怎样好人，翻他几句，他便打上几个圈；原谅坏人几句，他便说‘翻天妙手，与众不同’”。（鲁迅：《狂人日记》）对此，周作人也曾说过：

> 小时候在书房里学做文章，最初大抵是史论，材料是《左传》与《纲鉴易知录》，所以题目总是“管仲论”、“汉高祖论”之类。这些都是二千年以前的人物，我们读了几页史书，怎么了解得清楚，自然只好胡说一气，反正做古文是不讲事理只凭技巧的，最有效的是来他一个反做法。有一回论汉高祖，我写道，“史称高帝豁达大度，窃以为非也，帝盖天资刻薄人也”，底下很容易的引用两个例子，随即断定，先生看了大悦，给了许多圈圈。（《知堂集外文·师爷笔法》）

这就像我们看电视辩论赛，一个模棱两可的命题，正方与反方都可认定死理，唇枪舌剑，针锋相对，公说公有理，婆说婆有理，这就要看哪一方巧舌如簧，妙语连珠，哪一方就能得到评委们的“许多圈圈”。周作人认为，天下的文风原是一致的。并且指出，上述的“反做法”，就是“师爷笔法”的一例。读书人从“开讲”、“开笔”之始，就一直接受这种“反做法”的训练。所以一旦有机会入幕，玩起“师爷笔法”这样的花活来，也就驾轻车就熟路，得心应手。

比如说，“奸案格杀勿论”吧，按照法律，这一条款仅适用于“（通）奸（场）所登时捉获”，否则就不能引用此条为例。俗话说得好：“捉奸要拿双”，指的也就是同样的意思。都头武松在紫石街杀嫂祭兄，狮子桥酒楼斗杀西门庆，拎着两颗血淋淋的人头，主动到县衙投案自首。但西门庆的两个小舅子却不依不饶，仗势窜掇阳谷县，力主重判武松：

> 父台（按：指阳谷县令），请容禀，即使有奸啦，奸有几等呀，奸乃总称，有强奸，有卖奸，有和奸，等等不一。武植（按：即武大）平素穷苦呀，他也作兴得我姐丈的银钱呀，他甘心自愿呀，让妻子失身与我姐丈，亦未可知，此为卖奸啦，此为和奸啦。既有奸，武松为何不杀于奸所？现在尸分两地，撒手就不算奸啦……（王少堂口述扬州评话《武松》第三回）

说得父母官也不得不认为：“这案子虽有奸情，他却没有杀于奸所，现在尸分两地，撒手不算奸。”幸亏书办陈洪为武松缓颊，才让英雄免去死罪，以“情有可原”脊杖四十，脸上刺了两行金印，迭配孟州牢城。听评话《武松》至此，就很感叹英雄生不逢时。倘若再过上数百年，碰上一个善辩的师爷，武松或许可以逍遥法外，免受皮肉之苦和牢狱之灾。光绪年间，广东有一妇人随人私奔，本夫于逃后两年，才在数百里之外找到奸夫、淫妇，并将他们一并杀了，长长地出了一口窝囊气。有人援引“奸案格杀勿论”之例，要求无罪开释。部员却以非当场格杀挑剔不允，案子一时搁了下来。当时，总督门下一位师爷大笔一挥，改定判词云：

窃负而逃，到处皆为奸所；久觅不获，乍见即为登时。

于是，南山可移，此狱不可动矣。又有一次，有位在墙外解手的男人，见楼头有一女子无意间正朝此处张望，轻薄之心顿起，就指着自己的私处给她看，后者羞愤难当，自尽身亡。告到官府后，要治他的罪，但一时间谁也找不出罪名来。根据清代的法律，调奸致死要有“手足勾引”和“言语调戏”等情节。上述这位男子举止虽然轻佻儇薄，但却既没有言语调戏，也不用手足勾引，所以要想重判也实在拿不出什么法律依据。不过，有位师爷却笔挟秋霜，这样判道：

调戏虽无言语，勾引甚于手足。

此处的“虽无”和“甚于”四字，用得真是巧妙！——巧妙之处就在于虚词的联缀和判词的起承转合。在古汉语中，虚词的意义通常比较抽象，也最为奥妙。以“虽”字为例，一般用在复合句的上分句，作让步连词。它的用法有两种——所叙之事，既可以是事实（作“虽然”解），也可以是假设（作“即使”解），随你怎么理解。正因为它具有这种朦胧感，论者便可藉此闪烁其辞。于是乎，就在虚词的点缀下，就在判词的起承转合间，一份罪名也就顺理成章地罗织而成了。因为从字面上看，“言语调戏”与“手足勾引”一应俱全，依照惯例，也就可以“杀无赦”了。

上述的两个例子都说明，在许多情况下，判案的轻重并无一定的客观标准，全看师爷持心的公允与否和技巧（或伎俩）的高低优劣。对此，薛福成在《庸庵笔记》中深有感慨地指出：

> 大抵谳狱虽依律例，不外情理，善折狱者斟酌于天理、人情，然后衡之以律例，不容毫发偏倚于其间，故杀之而不能怨，亦生之而不必感也。噫，难言之矣！

谳狱既然“难言”，这自然也就给不肖的师爷以朝三暮四暮四朝三的可乘之机。有时，他们的笔杆一摇，常能使黑白混淆，是非颠倒：让无辜的冤民身陷囹圄，甚至遭受杀身之祸，这就像狂人所说的——“他们一翻脸，便说人是恶人。”也可使本应锒铛入狱，甚至枭首示众的罪魁，大事化小，小事化了。“老师爷讲述办事的经验，诉讼要叫原告胜时，说他如不真是吃了亏，不会来打官司的，要叫被告胜时，便说原告率先告状，可见健讼。又如长幼相讼，责年长者曰，为何欺侮弱者，则幼者胜。责年幼者曰，若不敬长老，则长者胜，余仿此。”（周作人：《师爷笔法》）又如，斗殴杀人之案，师爷存心偏袒甲方，那么，案情必乙先下手而甲格杀之，为甲罪可以末减也，反之亦然……如此之类，千篇一律。《刑幕要略》甚至公然宣扬：

> 办案要识得“归注”，所谓归注者，划得开、接得拢是也。如起初张三调戏他女人，争闹劝散后，又斗殴致死。若问寻常斗殴，要将调戏一层划开，另因他事起衅。若要问擅杀人罪，要将调戏一层接拢，实因调奸起衅，不使夹杂，便是“归注”。

可见，同样是一桩斗殴致死的案件，就可以有轻重不同的问罪方式。师爷既可以划开去，也可以接拢来，“翻手作云覆作雨”，上下其手。所以周作人认为：“师爷笔法的成分从文人方面来的是法家秋霜烈日的判断，腐化成为舞文弄墨的把戏。”（《知堂集外文·目连戏的情景》）。

在古代，公堂对簿中，没有现在的律师为两造（原告和被告）辩护。现代的律师倘若生在古代，那就是“讼棍”，而惩治讼棍是县政的应有之义。（《近代稗海·偏途论》）在这种情势下，对于是非曲直的判断，就完全操纵在官讼师——刑名师爷的手里。老百姓常常是有冤无处诉，有理无处说。这从流传于民间的谚语中，可以得到部分的证实：

> 八字衙门朝南开，有理无钱莫进来。
>
> 天大的官司，地大的银钱。
>
> 会做鲊鱼也要盐，会打官司也要钱。
>
> 饿死不要做贼，气死不要告状。

穷人打官司，屁股上前。

钱官司，纸道场。

……

对于黑暗现实的绝望，迫使无助的民众只好将希冀投向了另外一个世界。鲁迅先生曾指出："若问愚民，他就可以不假思索地回答你，公正的审判是在阴间。"(《朝花夕拾·无常》）于是，绍兴目连大戏演到次日将近天明时，戏里的恶人"恶贯满盈"。在许多人期待着恶人没落的凝望中，走出了粉面朱唇、眉黑如漆的一条雪白莽汉——奉着阎王之命登场的"无常"，将刀笔恶讼淋漓尽致地骂了一通，并断言：

一旦无常到，看你再逍遥！人死难把臭名消，人死难把臭名消！

在民间传说中，不仅是无常，屈死的冤鬼也时常来找作孽的师爷算帐。著名的"绍兴师爷"汪辉祖在《佐治药言》和《续佐治药言》中，就郑重其事地记载了不少这样的故事。在汪氏笔下，舞文弄墨、草菅人命的师爷总是难逃阴谴——或是偃仆于地，涎沫横流；或是自啮其舌，舌根溃烂而死；或是赤身仰卧，将刀刃插在腹上，像刻画那样切割肌肤，血流遍体；……死前的种种怪状，惨不忍睹。其中，有不少人都经历了郁大、郁四兄弟二人的那种惶惶不可终日。例如，有一民妇与人通奸，奸夫杀死其夫。结案时，县令因民妇非同谋，决定以"七出"之条处置，不再科以刑罚。当时某师爷在座，夸大其辞说:“《春秋》有诛意之法，赵盾不讨贼，就等于是弑君；许世子不尝药，就等于是弑父。因此，对于这样的淫妇，不可纵容。”结果，民妇竟被处以死刑。入夜，师爷见一女子披发持剑而至，拍击着胸脯说:“我无死法，尔何助之急也？”说着，就用刀来刺他，……梦醒时分，只觉得被刺过的地方疼痛难忍。此后，每天晚上死鬼必来滋扰。师爷不胜其扰，只得逃归故里。不料归里后，死鬼又紧随而至，而且闹得比先前更凶了。情急之下，师爷只得请巫觋来作法，而从巫觋眼中所看到的恶鬼作祟，也与师爷在梦境中所看到的一模一样。最后，师爷在惊惧不安中撒手归西。

行文至此，我不禁想起中学时代看过的电影《祝福》——在阴郁的背景下，祥林嫂压低声音切切地问：

一个人死了之后，究竟有没有魂灵的？

那么，也就有地狱了？

……

作于一九九三年九月，修改于一九九五年七月

说凤阳，道凤阳

晚明时期编纂的一部方志叫《凤阳新书》，其中保存有洪武十六年（一三八三年）三月十六日的一份圣旨：

> 凤阳实朕乡里，陵寝在焉。……朕起自临濠，以全乡曲凤阳府：有福的来做父母官，那老的们生在我这块土上，永不课征，每日间雍雍熙熙吃酒，逢着时节，买炷好香烧，献天地，结成义社，遵奉乡饮酒礼。……一年（皇陵）祭祀，止轮一遭。将了猪来祭了，吃了猪去；将了羊来祭了，吃了羊去。钦此！

这份半文半白的口语化圣旨，虽然不乏“钦此”之类的使腔拿调，但“淮右布衣”的本色依旧跃然纸上，迄今读来仍觉妙趣横生。后人据此则演绎出言之凿凿的一段传说——

据说，朱元璋平素不太喜欢娱乐，但对花鼓却情有独钟。从小耳濡目染，心血来潮时还能咿咿哑哑地哼上两句。奠都金陵后，濠州太平乡的乡里乡亲派出最优秀的花鼓手前去祝贺。当他们赶至京城时，恰逢登基大典刚刚结束，接下去是设宴款待臣僚宾客。是先唱后吃呢？还是吃罢再唱？——领头人犹豫不决，就请示明太祖。洪武爷正在兴头上，随口说道：“先唱先唱，唱完再吃！”圣旨既下，锣鼓声四起，花鼓手们载歌载舞，极尽颂扬之能事，直唱得龙颜大悦。朱元璋心花怒放之余，当众许下诺言：“你们都是我的乡亲，如今我得了天下，不会忘了你们。往后，你们在家乡，有福的去做父母官，无福的就给我看守陵墓，种田的不要交租税，年老的只管逍遥自在地喝酒。一年三百六十天，你们就唱着过吧！……”

花鼓手们带着洪武帝的口谕满载而归，乡亲们兴高采烈。不少人竟当真遵旨而行——撒开欢儿地大唱、大吃、大喝，哪里还有心思去耕田种地？朱元璋登基后的第二年，下令在凤阳营建中都。霎时间，大批工匠、督头纷至沓来，各地移民亦鳞集蝇聚，大片上好田地被封赠给了戚畹勋贵。于是，土地减少了，人口增加了，种田的少了，吃皇粮的多了，眼看着仓空了，粮断了，便都眼巴巴地盼着洪武爷允诺的恩赐。但左等右等，却不见他遣人送粮来。情急无奈，只得背起花鼓去讨饭。边走边在心里犯嘀咕——都说君王无戏言，怎地咱这洪武爷偏偏就说了不算呢！？一阵瞎琢磨之后，终于茅塞顿开：哦！原来打着花鼓讨饭，便是“唱完再吃”、“一年三百六十天，你们就唱着过吧！”——兀那杀千刀的“重八”（朱元璋小名），信口开河，居然将俺每（我们）全都钦封成了花子！想到这，气就不打一处来，信口编出了那首脍炙人口的《凤阳歌》：

说凤阳，话凤阳，
凤阳原是好地方。
自从出了朱皇帝，

十年倒有九年荒。
大户人家卖田地，
小户人家卖儿郎。
惟有我家没有得卖，
肩背锣鼓走街坊。
……

在明清时期，许多行当都有公认的行业神，或者至少亦有冠冕堂皇的出身。例如，“绍兴刀笔”有个神秘兮兮的鼻祖——邬师爷，“徽州朝奉”是得了洪武帝的集体加封，“山西票商”则承蒙反清义士顾炎武和傅山的指点，那么，凤阳人打着花鼓逃荒，扯出同乡游方僧——“朱皇帝”作招牌，也就并不显得有多么地离谱了——这就像时下诸多商品纷纷拉名人做广告，实在是如出一辙的思路！

其实，上述那首《凤阳歌》最早见于戏曲选本《缀白裘》六集卷一的《梆子腔·花鼓》。戏文中的“贴”（凤阳婆子）曾唱道：“……亲哥哥在刀尖上死，小妹妹就悬梁吊……”接着她又唱道：“我的心肝，我的心肝，心肝的引我上了煤山……”这里的“上了煤山”与“悬梁吊”是同义反复，依据崇祯皇帝的典故推断，《花鼓》一戏必定是在明社既屋以后才出现的。

当然，《花鼓》虽然产生于清代，但凤阳人以打花鼓逃荒却可能起源甚早。据说，美国波士顿美术馆就藏有明人所绘的花鼓图一幅；而《（玉茗堂）批评红梅记》（周朝俊撰）中也有一出打花鼓的小戏（卷下第十九出《调婢》），写的便是凤阳人流浪卖艺的故事：

（杂扮一男子一妇人打锣鼓上）

（丑）你是那（哪）里人？

（杂）凤阳人。

（丑）你打一通我听！

（杂唱）紧打鼓，慢筛锣，听我唱个动情歌。唱得不好休要赏，唱得好时赏钱多。（鼓一通介）

（丑笑）妙！ 妙！还有什么曲？

（杂）有，有，有的，《上之回》、《白头吟》、《乌夜啼》，都是古曲。

（丑）你到我里面去，转过西廊那画栏杆内，唱个钻心咬肺的曲儿，哄得里面人欢喜，我重重赏你金钱。

（杂应介）知道了。咚咚花鼓闹长街，要哄佳人笑口开，若使得他心喜悦，金钱一掷等尘埃。

明代著名的戏曲家汤显祖于此下总评曰："小戏不恶。"据《曲海总目提要》卷七著录，《红梅记》为周朝俊所撰，"系明隆（庆）、万（历）前旧本"。显然，"打花鼓戏"至迟到明代中叶便已出现。

值得注意的是，在《红梅记》第二十出《秋怀》中公子骂凤阳夫妇为"臭花子"，而后者表演完打花鼓后，则请求主人"赏些米儿去了"。这说明至迟到明代中叶，打花鼓便已成为凤阳人乞讨谋生的手段。另外，凤阳夫妇"紧打鼓，慢筛锣，听我唱个动情歌"。所谓动情歌，或状摹秋怀，或哀诉闺怨，与人们习知的“凤阳歌”大相径庭。我这里所说的人们习知的“凤阳歌”有好几种，其中有一种见于清人赵翼《陔余丛考》所引：

> 江苏诸郡，每岁冬必有凤阳人来，老幼男妇，成行逐队，散入村落乞食。至明春二三月间始回。其唱歌则曰：“家住庐州并凤阳，凤阳原是个好地方。自从出了朱皇帝，十年倒有九年荒。”以为被荒而逐食也，然年不荒亦来乞食如故。

不仅江苏如此，浙江嘉兴一带也是每年必有“凤阳丐者”。《蚓庵琐语》的作者王逋曾问一老丐逃荒缘由，据“云洪武中，命徙苏、松、杭、嘉、湖富民十四万以实凤阳，逃归者有禁。是以托丐潜回，省墓探亲，习以成风，至今不变。”一般认为，那些“托丐潜回，省墓探亲”的江南富民，首开凤阳人打着花鼓乞食的先河。不过，这里有两点值得指出——

一是赵翼引用的歌词虽然亦属《凤阳歌》的一种，但却不可能出现在明初。试想，一个连“则（贼）”、“生（僧）”都忌讳的流氓无赖，又怎么会容忍对他的公然指责呢？事实上，直到《红梅记》成书的明代中叶，凤阳人仍是“紧打鼓，慢筛锣，听我唱个动情歌”。所谓动情歌，主要是状摹秋怀闺怨的《白头吟》、《乌夜啼》之类，与见诸《缀白裘》的《凤阳歌》大相径庭。

二是中国人对于桑梓乡土素来怀有“谁不说俺家乡好”般的自恋情愫，但平心而论，“凤阳原是个好地方”的说法，恐怕与历史事实有着相当大的距离。

有一首花鼓歌这样唱道：“大凤阳，小凤阳，凤阳原是好地方。”“小凤阳”也就是现在的凤阳县，而“大凤阳”则是指今安徽省长江以北除安庆周围的广大地区。这里地处江淮之间，“雨骤则狂澜四溢，助河为虐；稍干则扬尘涸底，赤地如焚”，（徐光启《农政全书》卷八）自然条件极为恶劣。当地农民有“望天收”的说法，也就是撒下种子后，就听天由命，靠天吃饭。特别是明代中叶黄河全流夺淮入海以后，淮患大增，凤阳一带更是首当其冲。记得赛珍珠（Pearl S. Buck）有一部反映中国农民的小说，书中曾说到当洪水来临前夕，农民们就用泥巴将茅茨土屋封死，然后外出逃荒。这种情形，不啻是凤阳农村民众生活的一幅素描。就这样，每年汛期的规律，逐渐范铸了凤阳人独特的生活方式——在人力无法抗御的天灾面前，这实在是一种无奈的抉择！

当然，尽管从自然条件上看，凤阳原本就不是个好地方，但朱元璋对家乡的偏爱，却使这一地区雪上加霜。古代的帝王将相素有“富贵不归故里，如衣锦夜行”的乡土情结，喝酒欠账、发迹后唱着《大风歌》大摇大摆还乡的汉高祖如此，以“朕本淮右布衣”为口头禅的朱元璋亦不例外。凤阳为太祖“汤沐旧邑”，虽然营建中都未果，但仍被视作江淮间重要的政治中心之一。在明代，江北四府三州每三年一次的文武乡试均在凤阳举行，届期都要征集大批民夫承充差役，因力役繁扰，当时有“三年一剥皮”的俗谚. 另外，凤阳作为“龙兴”之地，建有皇陵，有明一代前来拜谒的大小官员络绎不绝。他们藉着瞻仰“圣地”、缅怀太祖“创业之艰难”为名游山玩水，冠冕堂皇地要求地方上迎来送往，以致百姓寝食难安，纷纷外逃规避。滋扰地方，莫此为甚！凤阳百姓怎能不在心里咒骂这个倒霉的皇陵及其始作俑者？起初大概是腹诽，一旦外界条件许可，便会肆无忌惮地扯开喉咙放声指责——或许这就是明清鼎革以后《凤阳歌》得以广泛流行的心理基础吧！

由此想来，凤阳人将“十年倒有九年荒”这笔账算在“朱皇帝”头上似乎并不为过。于是，他们口中的《凤阳歌》，便处处以朱元璋为调侃对象。传说，明初百姓好以隐语相猜为戏。元宵夜，都城张灯，太祖微服夜行，至聚宝门外，见一灯上画着一位大脚妇人怀抱西瓜而坐，许多围观者都“哗然而笑”，便认定此画迹在影射他的 Darling——马皇后。翌日便将悬挂此灯者一家九族三百余口统统“剿除”，连他们的邻居亦皆发配充军。朱元璋的这种过敏性反应虽然相当残酷，但却事出有因。安徽不是有句俗谚称“说丑女，马大脚；数贤妻，马娘娘”么？“马大脚”或“马娘娘”，均指洪武爷不下堂的“糟糠”。旦角戏《打花鼓》（以前梅兰芳先生擅演此剧）中的花鼓女说：“我们凤阳人修头不裹脚，常言道：‘脚大踹得江山稳。’”——“朱皇帝”在位三十多年的铁腕统治，是否为“怀（淮）西妇人好大脚”（灯谜谜底）所“踹”不得而知，但这毕竟为凤阳花鼓的表演提供了噱头。打花鼓中最常见的形式就是男敲锣，女击鼓，在锣鼓伴奏下，男女对唱：

左手鼓，右手锣，手拿着锣鼓来唱歌。别的歌儿我也不会唱，单会唱个凤阳歌。凤……凤……阳……

歌……

我命苦，真命苦，一生一世嫁不着好丈夫。人家的丈夫做官又做府，我家的丈夫单会打花鼓。打……打……花……鼓

我命薄，真命薄，一生一世讨不着好老婆。人家的老婆绣花又绣朵，我家的老婆两只大花脚，量一量，一尺多。一……一……尺……多

上述的花鼓词以自我调侃博人一粲，颇多诙谐幽默。这种调侃天足以资笑噱的做法，往往夹杂着难言的辛酸。尤其是其中的花鼓女，她们常常是“凤阳鞋子踏青莎，低首人前唱艳歌”。面对着轻薄子弟的调戏和侮辱，不得不忍气吞声，强颜欢笑。旦角戏《打花鼓》中的那位公子，就动辄要求凤阳婆（旦）“你让我香一个嘴”。而凤阳汉子（丑，亦称“王八”）则装聋作哑，任其占讨便宜。戏中有一段对白相当耐人寻味：

（丑）……相公吓！他是我的老婆。

（公子）哦！ 是你老婆。

（旦）什么？在家是你的老婆，出外还是你的老婆么？

（丑）不是我的老婆，难道是我的娘么？

（公子）依我相公看来，不是你的老婆。

（丑）不是我的老婆，是那（哪）个的？

（公子）是你大相公的老婆。

（丑）吓！相公，常言道，朋友妻，不可欺。

（公子）如今改了规矩了，朋友妻，大家欺。

登徒子涎着脸一再要求花鼓女“上我家里去打”，并且不希望汉子同去。或许正是出于这种“吃豆腐”的心理，促使花鼓的流变趋向以女子为主角的倾向。于是，在东南的各大都市中，处处可见“咚咚搭鼓上长街，引动风流浪子来”的凤阳花鼓女。卖艺者将花鼓斜佩在肋下腰间，鼓形圆而细长，两端都可以打。打鼓的棒子，一般是两根（故凤阳花鼓亦称“双条鼓”）。打鼓的时候，两根鼓棒交互击鼓，花鼓女随着鼓声翩翩起舞。打过一阵后，鼓棒收回手中，再徐徐击鼓开始唱词。也有的用三根棒子打鼓，将其中一根抛向空中，鼓声不断，鼓棒亦不停地上下飞舞。据明人田艺衡的记载：

今吴越妇女用三棒上下击鼓，谓之三棒鼓，江北凤阳男子尤善。（《留青日札》卷十九）

另外，前引的《凤阳歌》也唱道：“我家的丈夫单会打花鼓。”显然，男子原是打花鼓的主力。然而，嘉、道年间苏州人顾禄在《桐桥倚棹录》中曾谈到，“虎丘耍货”（孩童玩物）中有用纸做成的“猢狲撮把戏”和“凤阳婆”的形象，说明了在世人的心目中凤阳男、女已有了稳固的“角色定位”。其实，早在康熙年间，李声振的《百戏竹枝词》就曾记载：“打花鼓，凤阳妇人多工者”——这当是“凤阳婆”形象的绝好注脚。那么，什么是“猢狲撮把戏”呢？顾禄在另一部记载吴趋风土的《清嘉录》中指出：

凤阳人蓄猴，令其自为冠带，并豢犬为猴之乘，以为《磨房》、《三战》诸剧，俗呼“猢狲撮把戏”。

凤阳人驯猴有绝活。一般人要猴仅畜一、二只，但有位叫韩七的凤阳人所畜则多至十余只。“每演剧，生、旦、净、丑，鸣钲者，击鼓者，奔走往来者，皆猴也，无一不备，而无一逃者。”时人百般窥其堂奥，方知韩故瘾君子，每得猴，辄锁致榻前，陈芙蓉膏一盎，灯一具，高卧吸之，以鸦片烟瘾制猴，故能不施羁勒，率以教演。(《清稗类钞·猴戏》)

当然，弄猴与打花鼓，同属江湖卖艺。表演时，基本道具也不外是锣、鼓之类。因此，两者不可能截然分开。上述的所谓“角色定位”，只是就其总体趋势而言，“凤阳婆”越来越占主导地位。对此，徐珂在《清稗类钞·打花鼓戏》条中曰：

……嘉、道间，江、浙始有花鼓戏，传未三十年，而变迁者屡：始以男，继以女；始以日，继以夜；始于乡野，继于城镇；始盛于村俗农甿，继沿于纨绔子弟矣。

晚清时期，在“十里洋场”的上海，花鼓戏就相当盛行。对此，上引的《清稗类钞》还指出：“打花鼓戏：本昆戏中之杂剧，以时考之，当出于雍、乾之际。盖泗州既沉，治水者全力注重高家堰，而淮患悉在上流，凤、颍为灾，于兹为烈。是剧以市井猥亵之谈，状家室流离之苦，殆犹有风人之旨焉。”其实，打花鼓戏至迟在明代中叶就已出现。此后，经艺人在演出中的不断丰富，到乾隆中叶收入《缀白裘》时，已是著名的“时剧”。由于《缀白裘》是当时传奇摘选本的最大结集，流行颇广，翻刻亦甚多。藉着它的影响，凤阳花鼓流播南北各地，与乱弹杂调和各地山歌相结合，逐步发展出纷繁多样的民间歌舞小戏。

例如，湖南各乡镇流行的花鼓戏中，有《王三卖肉》一出，其中花旦唱道：“家住凤阳府，学得唱歌文。”明明是湖湘人士唱的湖南花鼓戏，却非要自称系凤阳人氏，以标榜自己所唱的是花鼓的正宗。而且，凤阳花鼓戏的前身便是歌舞形式的“地花鼓”，这也遍布于湖南的三湘四水。每年新春，民间艺人搭起花鼓班子与龙灯、狮灯一起走乡串街，每至一家便先唱起祝福的奉承话或吉利语，随后演出节目。演毕，接过主人送的彩钱，唱“辞岁”结束——这与凤阳花鼓的“唱门头”极为类似。在扬州，方圆几百里之内，各色花鼓不下十来种，有二人表演的“对子花鼓”，也有三人乃至十多人表演的其他形式的花鼓。虽然舞韵与凤阳花鼓不同，但凤阳民歌中有《巧老婆》，而扬州歌谣则有《拙老婆》，均以“紧敲鼓，慢敲锣”开头，其间的相互影响显而易见。与扬州近在咫尺的仪征，凤阳花鼓则与连相等民间戏曲、杂耍穿插组合在一起，形成了大型的歌舞——“花鼓灯”。（愓斋主人《真州竹枝词引》）这种情形，在昆明花灯等南方小戏中，亦不罕见。与此同时，凤阳花鼓的音乐也随着花鼓女的足迹遍布各地。许多省区的民间音乐中均不乏《凤阳歌》，虽并非都同出一体，但从相同的冠名中便可见其影响之深广。如山东琴书中的主要腔调就是“凤阳歌”（亦称四平调），受地方语音和民间音乐的不同影响，“凤阳歌”有南路、北路和东路三种风格，其中，流行于皖北、苏北、豫东等地的南路琴书为山东琴书的最早唱腔。显然，这是深受凤阳花鼓音乐的影响。不仅是音乐曲调渊源有自，在北方，凤阳花鼓与华北一带的“社火”融合，逐渐发展出山西祁县、太谷一带的“踩街秧歌”。事实上，北方各种形式的秧歌，都从凤阳花鼓中或多或少地汲取了养分。民国年间河北定县平民教育促进会曾编有秧歌二大册，中间有《凤阳鼓凤阳锣》，内容与前述的《巧老婆》和《拙老婆》相似，实际上也是《凤阳歌》的一种变相。

作为旧中国逃荒者困厄流离的伴生物，凤阳花鼓不仅传遍了大半个中国，而且还飘洋过海，远播于东南亚和美国。据说，在东南亚华人社区中的凤阳花鼓，依稀仍是当年的旧模样；当地流行的花鼓歌，也正是从前花鼓女生活的真实写照：

春季里来百花开，身背花鼓下苏杭。
人家游山又游水，花鼓女沿街去卖唱。

夏季里来荷满塘，鼓条一双泪两行。
人家说俺日子唱着过，那（哪）知为讨百家粮。

秋季里来菊花黄，破衣难抵秋风凉。

抬头望见中秋月，不知亲人在何方。

冬季里来雪茫茫，身无分文难回乡。
天涯卖唱吃尽苦，花鼓女梦中思凤阳。

“凤阳乞丐”虽是历史上一个颇具地域色彩的区域人群，但不知是疏忽还是不屑，正统史家笔下的记载显然相当匮乏，与此相关的凤阳花鼓的资料亦颇为零散。于是，在众多的稗史、笔记中，我不得不细心地掇拾起令人兴趣的鱼鳞鸿爪，费力拼合着几张日渐清晰的画面——

“冬巴冬巴冬冬巴冬冬冬”，凤阳婆布装抱花鼓上，作扑头、束腰、拔鞋等身段，绕场急慢走身势，共十八鼓浪调急板，弯腰甩手唱道：“穿州过府，两脚走如梭。逢人开口笑，宛转接讴歌。风流子弟瞧着我，戏要场中那（哪）怕人多？这是为钱财，没奈何！……”她们或打情骂俏，以投人所好；或控诉天灾人祸，冀获同情悲悯；或自我调侃，聊博众人一笑；或极尽奉承祝福，以讨人欢心。有时虽不免也唱些《十八摸》、《泗州调》、《十不全》之类，词调稍带淫荡，举止亦不乏迷魂浪态，但却是因着乞食而不得不破啼为笑。隐匿在欢悦背后的孤凉凄梗，那是“含着眼泪的迎合”……

“咚咚咚咚呛，咚咚咚咚呛，咚咚咚咚呛，咚呛咚呛”，在红烛盛宴、欢歌笑语之中，笙、笛、琵琶、弦子和鼓板交相伴奏，四锣四鼓的八名凤阳女，穿水蓝衣衫彩裤，汗巾搭头：“身背花鼓手提锣，诚心祝寿，朝见活佛，齐唱万寿歌。……”打花鼓原是凤阳人逃荒乞讨的表演，但此处乾隆五十四年（一七八九年）为万寿庆典所备的《花鼓献瑞》，却是用以歌颂圣明……

“得儿隆冬飘一飘，得儿隆冬飘一飘，得儿飘，得儿飘，得儿飘得儿飘又得儿飘，飘飘又一飘，飘飘又一飘”，摇曳的舞台灯光在模仿花鼓、小锣敲击的衬词中忽明忽暗地闪烁，MTV 画面中俊男倩女抑扬疾缓的酣歌妙舞，不时跌宕跳跃出一张笑嘻嘻的脸：“我命苦，真命苦，一生一世讨不着好老婆。……”流转飘逸的抒情节拍交迸出的欢欣，让人不由得想起了“为赋新词强说愁”的那句老话……

——一阕歌吟不尽的哀曲，随着岁月的流逝，它所揭示的文化内涵却在貌合神离中悄然嬗变。同样的，作为数百年民俗文化的传承，凤阳乞丐的历史也远没有最终画上句号——“生意不如手艺，手艺不如口艺”、“脚不移，嘴不肥”之类的民谚，还明白无误地诉说着民俗传承的历史惯性。一九四九年前夕，凤阳一县每年都有数以万计的人出外讨饭。此后，外出乞讨者仍然未曾绝迹。三年困难时期，各地政府收容和遣返的“盲流”中属凤阳人为数最多。据说，曾经有一段，“盲流”浪迹确实仍是为免枵腹冻馁，但此后的不少人却是在经济利益的驱动下，流浪复流浪……

一九九四年盛夏

得饶人处且饶人

移民、地域社会及文化传播的关系，是一个饶有趣味的课题。以往人们常说："江西填湖广，湖广填四川。"其实，江西亦何尝不是由外来移民所"填"？

填，是指将空白之地塞满。就移民而言，此种现象之发生，往往是在某种外力驱动下一地民众向另一地的流动。这样的"填空题"，在移民史研究中应当是并不罕见的。大批的外来移民"填"江西，大概始于唐代后期。当时，北中国政局纷扰，兵燹频仍，南方则显得相对安宁。于是，背井离乡的北方人便沿着容易到达的水路向南方艰难跋涉。其中，有许多人穿过皖南的低山丘陵，移居赣北平原及赣、抚、信、饶、修等鄱阳湖水系的沿岸地区（迁徙的路线大致相当于现在的皖赣线铁路）。故此，在唐代后期，江西的饶州（治今波阳县）、洪州（治今南昌市）和吉州（治今吉安市）户口数急剧增长。特别是位于鄱阳湖平原的饶州，因移民的麇集鳞至，接连分置了上饶、永丰、贵溪和至德四县。乾元元年（七五八年），又以前三县加上衢州的玉山县，另建信州。

贵溪如今为道教名山、正一道发源地——龙虎山之所在，也是浙赣线与皖赣线铁路的交汇之地。浙赣线途经的玉山、上饶、弋阳诸地（唐宋时属信州），在历史上也是外来移民进入江西的另一条交通要道。特别是在南宋时期，这一通道显然更为重要，许多人经由此地从都城临安移徙饶州及江西各地。其中，有不少素质较高的宗室成员和文化人。

对于外来移民来说，饶州及由饶州分置的信州具有相当大的吸引力。这里，低丘岗地广布，地面呈波状起伏，滨湖圩区，地势低平，港汊纵横，草洲滩地连片，池沼稻田相间，自然条件相当优越。移民的纷至沓来，更加速了这一地区的开发。早在北宋元祐六年(一〇九一年),饶州余干县进士都颉,就作有《七谈》一篇，描述当地的风土人物。他指出，当地除了有“滨湖蒲鱼之利”、“柔桑蚕茧之盛”、“林麓木植之饶”、“水草蔬果之衍”和“鱼鳖禽畜之富”以外，还可“铜冶铸钱，陶埴为器”。所以州以“饶”名，实在是一点也不过分。川泽沃衍的饶州，在当时成了世人星眸转睐的焦点。稍早于都颉的吴孝宗，也作有《余干县学记》，对当地的人文风气作了生动的概括：

古者江南不能与中土等，宋受天命，然后七闽、二浙与江之西、东，冠带《诗》、《书》，翕然大肆，人才之盛，遂甲于天下。

江南既为天下甲，而饶人喜事，又甲于江南。盖饶之为州，壤土肥而养生之物多，其民富而户羡，蓄百金者不在富人之列。又当宽平无事之际，而天性好善：为父、兄者，以其子与弟不文为咎；为母、妻者，以其子与夫不学为辱——其美如此！（洪迈:《容斋四笔》卷五《饶州风俗》）

因物产丰裕，饶州在宋代不仅是富庶的大州，而且文风也相当繁盛，诵读之声，络绎巷陌，大有邹鲁之遗风。北宋庆历年间（一〇四一——一〇四八）州学生徒将近有一千人，居全江西之冠。其中，饶州的安仁县，虽系端拱元年（九八八年）刚由安仁场提升为县，但对教育的投入却也是不遗余力。到南宋时期，当地置有“贡士田”五千三百余亩，筹集的制钱专门用以资助读书人猎取功名。于是，尽管安仁至京师达数千里之遥，但每遇大比之年，读书人赴礼部补国学者，“俱无裹粮之忧”。另外，宋代江西共有书院一百四十九所，分布于五十三个县。其中，饶州有二十五所，仅次于洪州（二十七所）。毗邻饶州的信州则有二十所，居第四位。

由于对读书的重视，饶州地域英隽叠出，彬彬乎盛矣。南宋时人张世南在《游宦纪闻》中指出：“鄱阳为郡，文物之盛，甲于江东。”“文物之盛”的一个标志，自然便是科举方面的成功。鄱阳系张氏的桑梓乡里，自北宋雍熙乙酉（九八五年）至南宋绍定乙（己）丑（一二二九年），登科者多达五百七十余人。其间，有三世联登者，有“七年三破桃花浪”、兄弟三科连中者，此外，父子兄弟俱中科第者，更是多得不胜枚举。所谓“江东之士，其州十而饶为最”，（正德《饶州府志》）实在是毫不夸张的追述。特别需要指出的是，在宋代，饶州还是“神童”辈出的地方。

唐宋时期，特设“童子科”（亦称神童科）。唐制十岁以下能诵经者、宋制十五岁以下能通经作诗赋者，应试后给予出身并授官，亦称“童子举”。在这种“学而优则仕”政策的刺激下，社会上涌现出一大批“初当移步来相谒，方及能言便诵诗”的

“神童”。宋真宗曾作“七闽山水多才俊，三岁奇童出盛时”一诗，赐予福建“神童”蔡伯俙。相传成书于北宋的《神童诗》，就描述了一位神童的少年得志：

神童衫子短，袖大惹春风。
未去朝天子，先来谒相公。
年纪虽然小，文章日渐多。
待看十五六，一举便登科。
大比因自举，乡书以类升。
名题仙桂籍，天府快先登。
喜中青钱选，才高压俊英。
萤窗新脱迹，雁塔淡书名。
年少初登第，皇都得意回。
禹门三汲浪，平地一声雷。
一举登科日，双亲未老时。
锦衣归故里，端的是男儿。
玉殿传金榜，君恩赐状头。
英雄三百辈，随我步瀛洲。
……

宋代的江西似乎特多“神童”。神宗元丰年间（一〇七八——一〇八五），饶州浮梁（今江西景德镇市）“神童”朱天申年仅十二即能背诵“十经”，父亲带他入京自荐，经考试赐五经出身，又获赏钱五万，其父用这些钱为他建造书楼，购置典籍；

朱天申从弟朱天锡年十岁，也能背诵七经，亦获同样恩典。不过，朱氏兄弟后来却并不十分出色。少时了了，大未必佳。抚州临川人王安石作有《伤仲永》一文，主人公仲永系抚州金溪人。金溪县毗连信州的贵溪和饶州的安仁县，故而王荆公这则寓言式的短文，似乎不无所指——小仲永天资颖悟，但因后天未能“更励孜孜图进益”，终于沦为一介庸愚。“神童”的如此结局，与上述朱氏兄弟的经历颇相类似。只是小仲永才由天授，却迹近神话，令人殊难置信。倒是叶梦得的《避暑录话》，似乎提供了更为确切的答案：

> 饶州自元丰末朱天锡以神童得官，俚俗慕之，小儿粗能念书，自五六岁即以次教之五经，以竹篮坐之木杪，绝其视听，教者预为价，终一经，偿钱若干，流俗因言饶州出神童，然苦之以至于死者，盖多多也。

“遗子满籯金，何如教一经”，这是中国人根深蒂固的传统观念。但“神童”的产生，靠的居然是填鸭式的教育。按“经”论价，如此“批量生产”，质量焉得保证！？

在“神童”层出不穷的宋代，真宗皇帝公然鼓吹：“家富不用买良田，书中自有千钟粟；安居不用架高屋，书中自有黄金屋；娶妻莫恨无良媒，书中自有颜如玉；出门莫恨无人随，书中车马多如簇；男儿欲遂生平志，六经勤奋窗前读。”这样的诱惑，自然极大地影响了民风士习的心理走向。《神童诗》就写道：

天子重英豪，文章教尔曹。
万般皆下品，唯有读书高。
少小须勤学，文章可立身。
满朝朱紫贵，尽是读书人。

果真！到南宋绍兴末，朝士多饶州人。时人语曰："诸公皆不是痴汉。"又有监司发荐京官状，以关节欲与饶州人。或规其当先孤寒，监司愤然曰："得饶人处且饶人！"当时传为笑谈。——陆游《老学庵笔记》卷一中的这段记载之所以可笑，是因为其中巧妙地嵌入了两句相沿已久的俗语：一是"饶人不是痴汉，痴汉不会饶人"（意思是宽恕别人不是愚蠢的表现，明人冯梦龙《古今谭概》卷三十六《杂志部》引陆游所载，于"诸公不是痴汉"下注曰："谚云：饶人不是痴汉。"）；二是"得饶人处且饶人"（对人要讲宽容，不可做得过于无情）。后者语出俞文豹《唾玉集·常谈出处》：

蔡州褒信县有道人工棋，常饶人先。其诗曰："烂柯仙客妙通神，一局曾经几度春。自出洞来无敌手，得饶人处且饶人。"

《唾玉集》序于北宋景祐二年（一〇三五年）春，作者认为，此为当时之"常谈习熟"。《老学庵笔记》所记虽然不无调侃，但却反映了饶州人在政坛上相互汲引，咄咄逼人，形成了较大的影响。

两宋时期，南北地域社会的发展，呈现出了巨大的分异。从南北人文变迁的角度来看，真宗朝的“澶渊之盟”是一个重要的转捩点。陆游在《渭南文集》卷三中说道：

> 伏闻天圣以前，选用人才多取北人，寇准持之尤力，故南方士大夫沉抑者多。仁宗皇帝照知其弊，公听并视，兼收博采，无南北之异。于是范仲淹起于吴，欧阳修起于楚，蔡襄起于闽，杜衍起于会稽，余靖起于岭南，皆一时名臣。……及绍圣、崇宁间，取南人更多，而北方士大夫有沉抑之叹。

在北宋政局中，南方人的地位日趋显著。据张家驹先生的统计，北宋宰相福建有十名，仅次于河南居第二位；江西有六名，与山东并列第三。司马光曾对宋神宗说：“闽人狡险，楚人轻易。”虽然不无偏见，但亦可见福建人、江西人（即楚人）已成为一个特殊的群体，崛起于中国政坛，并为北方士大夫所嫉恨。至迟到十一世纪，江西的北方移民后裔，已开始跻身于学术官僚政治阶层。特别值得一提的是王钦若（？—一〇二五），他成为第一个当上宰相的南方人（在十一世纪开初的真宗朝）。王钦若系江西临江军新喻（今新余市）人。临江军位于鄱阳湖平原西南边缘与赣中丘陵的过渡地带，境东北靠近临江军治所的地方有一座山，“山形如阁，山色如皂”，故名“阁皂山”。这里茂林修竹，景色秀丽，在唐道士司马承祯所编的《天地宫府图》中，被列为第三十六“福地”。“福地”意谓得福之地，即认为居住此地可受福度世，修成地仙。道书所列“福地”，多由地仙、真人主宰，是次于“洞天”一级的仙境。道教“洞天”、“福地”虽为地上仙境，但多系实指。历代道士多住其间建宫立观，精勤修行。相传汉张道陵、丁令威、葛孝先等都曾在阁皂山修炼，南朝刘宋时期，刘修静又住持阁皂山，增修灵宝派教法，灵宝派符箓遂称阁皂山符箓。阁皂山符箓重经法、重斋醮科仪，召劾鬼神、祈福消灾，符咒运用较多，它与专恃符箓、祈雨驱鬼的龙虎山正一道颇为类似。从饶州人洪迈的《夷坚志》中不难看出，两宋时期请雨治祟、召呼雷霆的道士在江西非常活跃。生活在这样的一种环境中，王钦若对道教显然是极为偏好——他自称少时夜视星空，曾见“紫微”异象；后至褒城道中，又遇异人，告以他日当位至宰相。“及贵，遂好神仙之事，常用道家科仪建坛场以礼神”，并与道士过从甚密。所著书有《卤簿记》、《彤管懿范》、《天书仪制》、《圣祖事迹》、《翊圣真君传》、《五岳广闻记》、《列宿万灵朝真图》和《罗天大醮仪》等，大都与道教有关。其中，道教谓三界之上为“大罗”，“罗天大醮”是道教斋醮仪式中规模仅次于“普天大醮”和“周天大醮”的大型法事。自从大中祥符八年（一〇一五年）王钦若编定《罗天大醮仪》后，道教三大醮仪遂并行于世，历代多有举行。

王钦若是一个极具乡土观念的江西籍官僚，为人善于迎合，真宗朝有所兴造，常能委曲迁就以中帝意，因此对当朝政局影响极大。这种影响，最突出地表现在宋真宗的大力崇道上。

真宗景德元年（一〇〇四年），辽兵南下，边防告急，在寇准等人的坚持下，宋真宗不得不御驾亲征，于澶州被辽兵所困，遂与辽订立城下之盟。自此以后，真宗君臣对外唯求边境安宁，企图利用道教神灵来神化宋朝，慑服辽国君臣，使其打消南侵之心。这种思路，便是由王钦若提出的。《续资治通鉴》卷二十七记载了景德四年（一〇〇七年）十一月王钦若与宋真宗的一段对话——

> 钦若曰："陛下苟不用兵，则当为大功业，庶可以镇服四海，夸示戎狄。"
>
> 帝曰："何谓大功业？"
>
> 钦若曰："封禅是矣，然封禅当得天瑞乃可。"既而又曰："天瑞安可必得，前代盖有以人力为之者，陛下谓《河图》、《洛书》果有此乎？圣人以神道设教耳。"
>
> 帝允之，乃可。

于是，真宗君臣遂编导了所谓"天书"降临之事。宋真宗自称梦见神人将降天书《大中祥符》三篇之后，改元"大中祥符"。大中祥符八年（一〇一五年），赐信州道士张正随为"虚静先生"，王钦若为奏立授箓院及上清观（今曰太上清宫，在江西龙虎山上），蠲其田租，自是凡嗣世者均蒙赐号，即后世江西"张天师"之始。真宗召见张正随之后，天师道便开始同宋室建立起紧密的联系。对此，明人沈德符指出：

> 至宋真宗，赐其裔信州龙虎山道士张正随，号真静先生，立授箓院及上清观。盖其时崇奉天书，故有

天师之称。(《万历野获编补遗》卷四《张天师之始》)

从道教史的角度来看，宋初以前道教的特点是茅山派最盛，天师道并不彰显，而是隐于道林，和光同尘。及至宋真宗崇道，重道法，轻炼养，钦定的官方宗教著作《翊圣保德真君传》详细介绍了道法派的“剑法”（即除妖驱邪之法）和结坛法（即祈福禳灾之法），记载了较多斩妖驱邪的神话故事，而且奉道法派祖师爷张道陵及其龙虎山子孙为道教正宗，对炼养派则颇有贬词。由于宋真宗的崇道倾向，促使道法派迅速发展，成为北宋道教的主流。正一道从北宋中期起日趋昌盛，逐渐取得了统领江南道教的地位。其中，王钦若无疑起了相当大的作用。王钦若在任职期间，大力提倡道教，阅道藏，得赵氏神仙事迹四十人，绘于廊庑。又奉真宗之命，领校道书，凡增六百余卷，成《宝文统录》四千三百五十九卷。据《宋史》记载,钦若为人“奸邪险伪”，与丁谓、林特、陈彭年、刘承珪号称“五鬼”。

丁谓、林特诸人，大多与王钦若一起倡鬼道惑众、参与“天书”事件的策划，故局外人以张天师所驱“五鬼”，讥讽他们的所作所为。所谓五鬼，在宋代相当盛行。《夷坚丁志》卷六“胡十承务”条有五鬼冒充“五显公”的记载，而“五显公”则是饶州德兴的一个地域性神祇。

在宋代，五显、梓潼帝君（文昌神）和顺济圣妃（即后世的妈祖）等，是南方比较重要的几种民间信仰，它们分别与江西、四川和福建地域社会的发展密切相关。以五显的发迹地德兴为例，当地“山峭川驶，都人士大抵务实行，黜浮嚣，故人文于宋为江省冠”。（道光《德兴县志》卷三《风俗志》）地域社会人文的兴盛，使得神灵亦夤缘际会，影响日增。德兴的五显神，据说始于唐代，然其见诸典籍实始于宋。五显神信仰流行于江西德兴一带，乃兄弟五人为神，宋代封为王，皆冕服正坐，光焰烜赫，其封号第一字皆为“显”，故称“五显”。据《夷坚志》记载，“五显”原是德兴当地御灾捍患的土神，大观年间始赐庙额曰“灵顺”，此后渐次加封，到南宋时其影响已不限于江西一地，故都城临安（今杭州市）钱塘门外有五圣行祠，成为“正神”，享国家血食。此后，德兴“五显”与发源于一县之隔、徽州婺源的“五通”相互糅合，或称“五显灵官大帝”（华光如来），成为元明清时期江南一带极为重要的民间信仰。

肇始于唐宋、盛行于元明清者，自然不仅仅只有五显神一例。“浮梁巧烧瓷，颜色比琼玖”，景德镇瓷器也是类似的另一饶州特产。邓之诚《骨董琐记》卷六《饶瓷》：

> 饶瓷始于唐，成于宋元，盛于明清，于是北窑始衰。

景德镇自武德四年（六二一年）唐高祖诏令“制器进御”，此地瓷器开始名扬天下。但真正奠定其瓷都地位，却是在宋朝。景德年间，宋真宗命镇烧造御器，器底书“景德年制”款，因其“光致茂美，当时则效，著行海内，于是天下咸称景德镇瓷器”。（蓝浦：《景德镇陶录》卷五）宋代景德镇的瓷器洁白不疵，釉色晶莹，凡鬻于他所，皆有“饶玉”之称。它与真定红瓷、龙泉青秘，在国内外市场上争奇斗艳。赵宋南渡后，一批定州陶工迁到景德镇，促使后者一方面进一步发展了“青如天、明如镜、薄如纸、声如磬”的影青瓷，另一方面则更发展了定白——粉定，从而深受世人的青睐。此后，景德镇逐渐发展成为全国的制瓷中心，到明清时期便与湖北的汉口、河南的朱仙、广东的佛山并称为中国的四大名镇，并有“江南雄镇”之称。这种手工业和城镇的兴盛，在很大程度上不能不归功于唐宋时期外来移民“填”江西所打下的基础。

一九九五年九月

旗下街

在东海之滨、闽江下游，有一个东西略长、南北稍狭的盆地。从盆心到外缘，平原、丘陵和山地等多种地貌，呈层状分布之势。在基面平原上，网状水系纵横交错。有清一代，与这种地形相配合，各色人群点缀其间，形成了一种独特的人文景观：城外——北岭畲族崖处巢居，耕山而食；丘陵及平原外围，天足的土著乡村妇女（“平胶嫂”）健妇持家，布裙曳柴；闽江港汊间，椎髻跣足的蛋民浮家泛宅，操舟为业；城内——除了肩摩踵接的汉人之外，还有旗人以及色目人和蒙古人的后裔。此种人群“调色板”之呈现，无疑是历经多次改朝换代叠加而成的结果。其中，既有闽中原始民族之“底色”残存，又有中原南迁汉族的孑遗，亦不乏北地周边民族之胤嗣。远的不说，色目人和蒙古人，便是元代遗留在福州的一群人；而聚旗而居的满人，则与清代的八旗驻防有关。

清室平一海内，入主中夏，以从龙劲旅驻防行省要区，相为声援，居重驭轻，控制形胜，遂成一种特别的制度，是曰“驻防”。这种制度是大清帝国统治的军事支柱。最初，驻防官兵数年一更替，乾隆二十一年（一七五六年）以后改为长期驻守，家属也随带定居。在全国，八旗驻防点多达九十余处，被永久性地布置于整个中国的军事要地。留驻京师者，称“驻京八旗”（简称京旗）；其他的“驻防八旗”一般分为三级，大者统以将军，其次为都统，又次之为城守尉。最高一级驻防将军的官秩为从一品，清于直隶设将军驻防者九处，福建福州将军是其中之一，于康熙十九年（一六八〇年）置。

福州将军之设，与清初的“三藩之乱”有关。康熙十三年（一六七四年），耿精忠起兵反清，踞福建。帝命大将军康亲王杰书统军由浙入闽，平定叛乱。康熙十九年闰八月，杭州副都统胡启元率领镶黄、正白、镶白、正蓝四旗汉军马、步兵共一千零二十六名，移驻福州。乾隆年间，八旗汉军陆续出旗入籍为民，福州驻防官兵改由京师拨派八旗满洲充补。作为驻防制度的重要举措之一，就是“满洲营”的设立。

清自开国以来，“天下一统，满汉自无分别”，几乎成了历朝皇帝的口头禅，但“非我族类，其心必异”的心理屏障，使得清朝统治者之处事设心，无不右满而外汉。“满洲营”之设，便是此种心态的折射。满人如此作为，为的是将自己与非八旗人口隔离开来，以便更好地督视各驻防区内汉族官民的活动。进驻福州的清军，采取“圈地”的方式，强占民房作为兵营（此举史称“匡屋”），建立满人居住区，汉人居民则一概迁出界外。当时，以东门大街至旗汛口为一轴线，北起汤门，南至水部门，整片城内街巷，均为满营驻地。其范围包括东大街、将军前、旗汛口、汤井巷、汤门街、秘书巷、永安街、澳桥、大小斗彩巷、状元坊、蒙古营、得贵巷、河东街、古仙桥、鳌峰坊、秀治里、高节里、河西街、大墙根、城守前、庆城寺等。福州百姓遂称此片街道为“旗下街”。

“旗下街”是旗兵及其眷属生活的专域，根据驻防旗人“出境律”的规定，旗下人平时不得擅离驻防城二十里。兵丁营房虽历岁久远，间有迁移，亦“不得越出旗汛，以失驻防根本”。（新柱：《福州驻防志》卷十六）在“旗下街”的十字路口，构筑有一座大门，由旗兵把守，凡城门启闭，皆由驻防旗丁专司管钥——此地便是今名犹存的“旗汛口”。“汛”是清代兵制中的基层单位，朱骏声《说文通训定声》曰：“汛，……盖讥诘往来行人处也。”

由于“满洲营”总是占据着驻防城市中的交通要道或繁华街市，所以“旗下街”虽然不允许非旗人民众居住，但过往还是可以的。不过，满人作为军事征服者，对汉人常常是百般侮辱。如在湖北荆州，因“满洲营”的建立，城市被一剖为二，以墙垣分隔开来：驻防旗人居其东，汉人居其西。全城为门六，东、西各有其三。东城三门，由驻防八旗防守；而西城启闭，钥匙也归驻防官军收管。八旗兵丁把守城门，彩舆丧柩出入满城，驴马驮粮经过，均需交纳钱物方才予以放行。例如，卖菜者过之，取其菜；负薪者途经，取其薪；担稻草的过往，也要抓上几把才算过瘾；……唯一不想染指的，大概只有挑大粪一种营生。在杭州，类似的情形也屡见不鲜。更有甚者，八旗子弟中的市井无赖，肆行无忌，遇妇女乘舆过满营，每迫令停轿掀帘，捏手抚足，无所不至。杭人患之，遂请绅士诉诸将军。将军为调和满、汉关系，假他事出至某处，易小轿，帷四面，露手帘外，纤指长爪，俨若妇女，入满营中。诸无赖果令停，掀视，则将军也，大骇，欲返走。将军大怒，命执至署，枷责有差，自是此风稍戢。福州城东关外有春牛亭，与旗汛相近。每年立春，都要在这里举行鞭打春牛的劝耕仪式，百姓观者如堵。届时，旗丁往往鳞集蝇聚，卖呆看女人，在挨挨挤挤之中讨占便宜，滋生事端，以至于每年迎春之前，省城附郭闽、侯二县都要详请将军饬禁旗丁拥挤观看。

当时，旗下人享有不少特权。旗民交涉事件，例由理事厅审理，军、流、徒俱“折刑”为枷、笞、杖或鞭责等。“与民人争讼，则将军、督抚会理事同知庭鞫。”（萧奭《永宪录》卷二上）所谓理事，是指地方驻防旗营额设理事同知，会审旗人讼狱。因不归汉官统辖，旗人自恃地方官不能办理，故而骄纵不法，滋事常见其多。其实，不但是跟民人争讼，即使是与汉族官员发生纠纷，后者亦甚难奈何。曾经有一个旗人，托着鸟笼到闽县大堂上旁听县太爷审案。正看得入神，笼中的鸟儿忽然扑楞楞地飞了出来，说也凑巧，偏偏就停在县令的红缨帽上。于是，旗人大大咧咧地走到他的身后，将鸟一把捉住后又关回到笼子里。一县之尊的父母官受此侮慢，一时气不过，下令差役将他按倒，打了几下屁股。这个旗人就跑回“旗下街”，叫了一班哥们冲上大堂，三下五除二便将七品芝麻官活活打死。据说，此事后来亦不了了之。旗人之骄横，于此可见一斑。故此，福州百姓对旗人有一个特殊的称呼，叫“旗下仔”。“仔”亦作囝，唐顾况《囝一章》“郎罢别囝”诗自注曰：“闽俗呼子为囝，父为郎罢。”可见，“郎罢”对“旗下囝”的称呼中，就不乏“儿子打老子”的无奈！

旗下人作为“国家之根本”，享有高于汉人的待遇。福建省图书馆特藏部保留有《榕腔杂钞》一种，曰：

> 若论旗下大爷，自古逍遥，日日早（每天早晨）……饣乍（饭，福州俗字）食饱七处客调（游玩），踢建（踢毽子）共（和）拍求（打球），盲哺头（晚上）成群结阵，佉（“去”之俗字）射圃里佉嫖。

旗人受国家豢养，袖手坐食，不事生业，只知道按月向官厅领粮，一切度日皆仰给于官，平日不耕不织，终日游玩，专事养鸟，所以在“满洲营”所在的东街一带，清时鸟肆极多。他们充膏粱而衣锦绣，富贵场中，别寻蹊径，斗鸡走狗，听戏看花。盘桓楚馆秦楼，日陶情于娈童妓女之间，灯明酒碧，偎红倚翠，玉软香温。随着承平日久，驻防旗人安享尊荣、虚縻无度，日益衰朽。早在康熙初年“三藩之乱”时，八旗的弱点便已初露端倪。时人亲见旗兵进攻岳州，只是老师縻饷，按兵不敢一战，闻退，则“三军欢声如雷”。雍正七年（一七二九年），清廷从驻防福州的汉军“老四旗”闲散和绿营中挑选五百名壮丁，派往福州长乐洋屿，组建三江口（三江口即乌龙江、白龙江和马江三江汇合之地）八旗水师营。由于该营地处海滨，每届秋冬，“大风屡作，风涛怒吼”，且粮饷不优，八旗兵丁皆视为畏途，多半裹足不前，而令家丁冒充本人前往当差。（黄曾成：《洋屿乡志》卷一）旗下人怠于武事的类似情形，在全国各地都相当普遍。当时，八旗武职官员于朝会并不佩刀，而让随从家人携带，曾令雍正皇帝大为光火：

> 官员兵丁佩刀，乃是定制，凡朝会之处，理应佩刀行走。既系武职，乃以刀剑为重赘之物，慵于佩带，令家人代为携持，甚属非理！

连佩刀都懒得携带，旗下人还能打仗么？乾隆晚期台湾林爽文起兵造反，福州驻防满兵前去平乱，《清高宗实录》卷一三〇六对其“战绩”有过一番评说：“从前出师，满兵尚能出力。此次福州官兵自到台湾，不过逐队行走，毫无奋勉，殊属可耻！”迄今，老一辈的福州人口中，尚保留一句“台湾兵——假勇”的歇后语，说的便是早年八旗兵丁军旅隳敝之情状。

骑射、国语（满语），原本是满族的立国之本。入主中原后，在高度发达的汉文化的浸润下，骑射、满语均呈颓废之势。乾隆年间，满洲子弟已多“废弃本务”，不习满语，在公开场合也讲汉语。以致乾隆皇帝一再指出：“满语尤为正务，断不可废！”三令五申振饬满语，但其颓势却仍如落花流水。究其原因，满语形成于入关之前，与白山黑水间朴实、粗犷的社会生活相适应。因其语法结构松散，词汇又极端贫乏，要状摹入关后纷纭复杂的外部世界以及细腻生动的内心情感，显然是具有相当的困难。十七世纪中叶以后，旗人在全国各地形成大分散、小聚居的格局。以福州为例，康熙十九年初拨驻防之时，原披甲来闽省者一百四十余户，到乾隆初年因“驻防日久，滋生繁衍，家口至一千七百余口之多”。人口增长不能说是不快，但相对于汉族而言，旗人毕竟仍是微不足道的。根据光绪年间的统计，福州城市人口多达三四十万，而在册旗人却不过八千二百多人。人口比例如此悬殊，随着满汉交流的加深，福州的旗下人，普遍采用了汉族的语言和文字。乾隆年间编纂的《福州驻防志》卷九《官学》曾记载说：

> 雍正五年，副都统阿尔赛轮班陛见，奉上谕：尔福建汉军原是旗下，若不晓满文，即昧根本，尔回去时，必教导他学满洲话、满洲书方好，钦此！

雍正时，将军准泰奏设清文学堂（后改清文书院），为的是让旗下人“弓箭诗书两不荒”。然而，雍、乾之际福州旗员因引见时不能奏对满语而被斥革者，却仍是不绝如缕。显然，雍正的这份谕旨并没有起到多大的作用。及至道光年间，福州将军到洋屿八旗水师营中阅操，有人能用满语与之对答，竟被当作一桩稀罕事而大书特书。嗣后，娴习满文者更如凤毛麟角，寥寥无几。当然，驻防旗人与福州土著在语音上仍然有着显著的差别。清时，北京有口号曰：“开口搬京腔，昂头唱二黄。”（李宝嘉：《庄谐诗话》）福州驻防，均由在京八旗满洲发往充额，且一向与京城本旗保持着密切的联系，故而福州的旗下人也是一口的京韵京白。他们中的不少人虽然没有受过多少教育，但在“旗下街”这样一个满人社区中自幼习成，也显得口音纯正，与杭世骏所听到的正宗福州人之“鸟音禽呼”迥别。

在汉文化的熏陶下，许多人逐渐冠以汉字姓，以致乾隆皇帝一再申饬禁止满洲旧族“依附汉姓，故意牵混”。但冠以汉字姓之风却屡禁不止，反而愈益盛行。特别是到了晚清时期，旗人汉姓更成为一种普遍的风尚。例如，旗人赵姓，据说是因为认定赵系百家首姓的缘故；而关姓则是由于满人崇奉“关爷”（关玛法、关公、关羽）的结果。

崇拜关公，早在满人入关之前就已经相当盛行。进入中原后更是入乡随俗，又信奉上各驻防地的土著神明。例如，光绪年间杭州驻防旗人三多（字六桥）作有《柳营谣》，其中之一曰：

参差红烛间沉檀，为赛今年合境安。
齐赴毓麟宫上寿，木樨香里倚阑干。

自注云：“临水夫人庙在双眼井西，曰‘毓麟宫’，亦曰‘天圣母宫’，闽人尤信祀之。”毓麟宫中供奉在闽东一带保婴护赤的临水夫人（俗称“奶娘”）。从前，福州城乡的社庙，俗呼曰“境”，里面都有临水陈太后祠，百姓奉祀甚虔，并于每年正月元宵举行迎神赛会。因太平天国时期杭州“满洲营”被毁，兵燹乱后调集乍浦、福州、荆州、德州、青州和四川六处驻防重建满营。因此，乱后的杭州旗下风俗是五方杂糅。其中，对临水夫人的信仰，竟然成为福州驻防旗人特有的民间信仰传播于杭州，这不能不说是旗人汉化的一个重要表征。

当然，民族融合的过程，不会是单向的传播，而往往是双向的交流。例如，满族人喜欢穿马褂，最初仅限于八旗士兵。其后，富家子弟也踵起仿效。及至雍正年间，长不过腰、袖仅掩肘的马褂穿着更是蔚成风气，成为一种极为流行的服装。与此同时，“衣皆连裳”的满族旗袍也相当时髦。《榕腔杂钞》所说的“旗下姑娘，生得流劳（漂亮）”，在很大程度上就端赖于旗袍的衬托。满、汉服饰文化的交融，使得旗袍款式不断变化，由宽腰直筒式逐渐变成了紧身合体的曲线型、流线型，并朝着时装化和现代化的趋势发展，竟至成为代表中华民族的一种女式服装。

随着民族融合的加深，满汉畛域日渐化除，“旗下街”的住民成分也在发生着变化。当时，驻防八旗人口成倍增长，而旗人被招募为披甲的机会有限，闲散旗人日见其多。穷困潦倒驱使一些旗人将驻防内的部分地段批租给汉人，“旗下街”遂日渐为后者所蚕食侵蚀。五口通商以后，福州商业街市扩大，不少汉人迁居“旗下街”经商开店，使得旗地转为民地更趋加速。从居住区域上看，“旗下街”逐渐缩小。到本世纪初，旗人居住区仅局限于大斗彩巷、大墙根、秀治里、水部门各街以东至城墙，外加城守前、东街旗汛口至大斗彩巷的一段。辛亥革命后，各人所住营房均改为私产，像“福大爷”（那五父亲）那样的人，便不再为佩带刀剑之类的重赘之物而烦恼，但许多人也因此坠入失乐园。对此，《榕腔杂钞》抚今追昔，倍感伤心：

> 旗下财主，都是蓄婢居奴，日中佉看戏，盲哺拔二胡（晚上拉二胡），现刻（现在）……稀稀粥莽礼糊（以稀饭聊以充饥），米毛闵，饷毛发（粮、饷无着，闵，似为“分”的福州俗字；毛，没有），不亦乐乎！

天下从没有不散的筵席，愈是欢闹的盛宴，到了曲终人离的时节，愈是倍感凄清落寞。踱着方步、托着鸟笼闲逛的时代，终于结束了！一开始，政府还发给他们“一日米半升”、“一月发一对番钱”，但这只够每天煮两顿“滂滂清”（可以照得见月亮的稀粥）。后来连这些也没有了，锦衣玉食的旗下人品尝到了“柴湿灶冷粟瓶空”的穷愁困窘，于是，他们只好出来自谋生路——“将军前，澳桥下，河东、河西，厝屋萧条，……眼下凄惨惨，见无数做买卖，都着本地街”。“本地街”亦即“旗下街”。有一满人在旗汛口附近开了个饺子店藉以谋生，福州“野仔”（地痞流氓）常常光顾。有时，他们在吃完饺子后不愿付账，就捉一只死苍蝇或死蟑螂往碗中一扔，然后摔盆砸锅、大吵大嚷地说饺子不干净。这时，旗人不得不出来陪不是，然后将苍蝇或蟑螂捉出来，并当众捏着鼻子把汤喝下，泼皮们这才骂骂咧咧地扬长而去。这样的窝囊气，对于此前夤缘际会、高人一等的旗下人来说，显然是难以忍受的。为此，不少满人只好离开福州。但实际上，他们是早已失去了故土的一群人。儿时曾见户口簿上满族人的籍贯有作“吉林长白山”者，想来，满人迁徙福州的年代十分悠远，以至于当需要他们填写籍贯时，只好含糊地填上“长白山”三字——“长白山”并非吉林的某个县、市，这与一般人填写籍贯的方式迥异其趣。显然，在他们的心目中，远祖的故土早已化作一个模糊的符号，一段遥远的历史记忆。

一九九五年七月

波渺渺，水悠悠

三十年河东河西风水轮流转，此话一点不假！如今国人睇目金光灿灿的东南沿海，秋波流盼中多少带有一点异样的歆羡；但在二千年乃至数百年前，中原人对闽、粤简直是不拿正眼一瞧，因为那实在是化外的瘴疠之乡！就拿对东南地理的命名来说吧，一个“闽”字，就将福建人全都归入了蛇种——东汉许慎《说文解字》曰：“闽，东南越，它种。”它者，蛇也。想来北方人初来乍到，在荆榛莽荒的“新大陆”，看到最多的恐怕便是“它”了。故而在他们眼里，非我族类的土著自然也就成了“它种”！同理，南部疆域一度曾延伸到今天的越南北部，汉时设了一个“交趾郡”。交趾，从现代文化人类学的角度视之，显然是因为当地多船民的缘故。

当时，中原人飘洋过海到交趾，往往是以现在的福州为中转站。《后汉书》曾详载桓晔、袁忠从会稽赴交趾的航程；《三国志》中王朗从会稽航海往东冶；许靖避乱，从中州到交州；……全都途经闽地。这一通常的路线给中原人留下了一个错觉——福州乃至整个福建，都不过是茫茫烟海中的一丸孤岛罢了。所以《山海经·海内南经》说：“闽在海中。”直到东晋郭璞注《山海经》的年代，中原人对福建的地理位置，似乎仍是懵懵懂懂的一笔糊涂账。

无独有偶，在中原人打尖歇脚的闽江沿岸，后世也生活着一群船民。他们浮家泛宅，逐潮往来，随处栖泊。由于长年舟居，上限于篷，下囿于舱，日常起居大都蹲踞而行，曲膝盘坐，腿部难得伸直，久而久之，便形成为脚趾分开、腿部弯曲不直的姿态，所以岸上居民形象地称之为“曲蹄”。“曲蹄”有类前述之“交趾”，“曲”乃弯曲之意，兽之足为“蹄”。不言而喻，此一名称带有浓厚的歧视色彩。

“曲蹄”亦作“科题”、“诃黎”或“舸黎”，是福州民间对水上居民的俗称，而见诸载籍的大名则是“疍（蛋）民”或“蜑户”。其实，“蛋民”本是古代对南方水居人口的一种泛称，主要是指生活在广东、福建沿海地区的水上居民。他们的确切来历虽已难以确证，但却不乏种种离奇的传说。其中的一种说法是——福州蛋民为闽越王无诸的遗民，当汉人南侵时，有郭、倪二姓九十七人（系闽越国权臣）竭力反抗，后见事无可为而被迫亡命江河，遁迹于水上，过着飘忽不定的隐居生活。郭、倪二姓潜逃入海后，留下的土著妇女皆为汉人掠为妻孥。这些妇女“身在曹营心在汉”，每届新年就将金、银裹存在糍（糍是用糯米包馅的一种面点）中，其上点染红斑作为标记，等待水上蛋民上岸唱歌贺年。倘若遇上溷迹其间的亲属，就将染有红斑者相赠以暗通款曲。后来，岁月的流逝使得谁亲谁疏已再难分辨，她们便不再将金银裹存其中，但唱歌贺年的习俗却一直保留了下来——每值正月初二至十五期间，水上蛋民还是会络绎不绝地上岸讨糍贺年。届时，蛋户舟女，成群结队，向家家户户贺年，有时口里还唱着各种蛋歌，如《十二月花》、《十条手帕》、《十双绣鞋》之类的情歌，这成了旧时福州新年的一大民俗景观。

除了新年之外，蛋户是难得上岸的。旧时福州俗谚有“曲蹄仔九十七卖上山”(“九十七”就是上述郭、倪二姓的胤嗣;“卖”是不得的意思；山者，岸也)，说的就是这层意思。平日里，他们或扁舟一叶，或枯竹数根，破浪冲涛，浮生江海。有的在闽江港汊内居栖无定，用钩、绳、长罾等寻捕贝类、鱼虾等水产品;有的则驶出闽江口，在巨浪狂涛间求生。后者在出海捕鱼时，一般是连家眷都一齐载去。也有一些稍有积蓄的蛋户，将老幼安置于“后家”。所谓后家，是指在荒畦僻港的沙滩上，打稳四根木桩，或垒砌四柱石基，将老旧的废船搁置其上，并由这船上架了跳板通到岸上。这泊定的旧船，便成了归巢倦鸟永久的一枝之栖。更为有钱的蛋民，先是舟岸杂处，逐渐发展为建造瓦房，进而离开眼前的邻水区域而散布于陆上民居之间。当然，弃舟登岸带有相当大的危险性。因为蛋民的陆居，即意味着与岸上人家争夺生活空间的倾向。特别是明清以还因人口压力的增大，这种陆居行为便遭到岸上居民的强烈反对。“水鬼爬上岸，拍死毛偿命”，这句俗谚即指蛋民不准陆居，违者即便被打死，告到官府亦无从偿命。为了防微杜渐，岸上人家对水上居民作了种种限制:一般只准在岸边水上植木,搭盖简陋的草舍——“竹架篷”,不许营建瓦顶房屋(含有不许久居之意),更不许“僭越”起盖翘角的屋式，有的地方甚至还不让他们结庐岸上。

除了不许陆居外，还有一些约定俗成的惯例，比如上岸不能穿鞋，雨天不准打伞，喜庆不得张灯结彩，走在路上要弯腰缩颈，靠道旁行走，不准穿戴衣冠，甚至连发式都有严格的限定。

对此，光绪年间三山缙绅郭柏苍就曾指出：

> 福州所称卖渔嫂，即曲蹄婆，以其生长船中，两足俱曲，故名，为贱种，子孙不得应试，例不登岸，作半爿髻以别田婆，有梳髻带中簪者，田婆辄殴之。（《竹间十日话》卷五）

“田婆”是旧时福州四郊的农妇，她们戴着如碗大的耳环，头挽螺髻，分插三条簪。簪为银制，中间垂直一条押螺簪，左右两条平行斜插，如剑状，俗称“三把刀”。“三把刀”平日以卖菜、挑粪为生，城里人目之为“蛮婆”，但在蛋妇面前，却俨然是阿Q之于小D。何以然？这是因为——清朝法典将全社会成员规定为七种不同的法律身份，亦即皇帝、宗室贵族、官僚缙绅、绅衿、凡人、雇工人和贱民七个等级。在这种等级制度的基本框架中，除了有君臣界限、官民界限之外，还有一个就是良贱界限。虽然在前两个界限中，“三把刀”与“卖渔嫂”同处一个战壕；但在后一个界限中，两者的“家庭成分”却悬若霄壤。“卖渔嫂”是“贱种”，法律地位和社会地位特别低下，是一群没有独立人格的个人。较之作为凡人良民的“田婆”，地位亦显卑下。在清朝典章中，“贱民”这个概念被正式法律化了。此种良贱之别从制度上将“贱民”排斥在“四民”之外，从而也就排除了他们得膺名器、跻于衣冠士林的可能。

应当说，从某种程度上看，科举制使得传统中国成为一个极具流动性的社会，“朝为田舍郎，暮登天子堂”，绝非痴人说梦般的幻想。然而，“欲高门第快读书”，却不是每个社会成员皆能享有的同等权利。记得小时背过的一首福州童谣这样说道：

一粒橄榄丢过坑，
曲蹄也想做先生。
手拈笔仔斗斗战，(笔仔，小笔杆；斗斗战，颤抖貌)
卖写三字“窦燕山”。(卖，不能也)

“窦燕山”是启蒙读物《三字经》开头数句出现的一个人名。这首童谣意思是说：蛋民子弟颤颤巍巍手握小笔杆、连“窦燕山”三字都写不出，想当“先生”岂不是痴心妄想？“先生”亦即教书识字的启蒙老师。在一般民众心目中，教《三字经》的私塾先生是最有学问的。而欲成为饱读诗书的“先生”，首先就是要学会书写“窦燕山”。其实，就是会写了“窦燕山”又能怎样？在传统社会，蛋民因被打入贱籍另册，无从跨越良贱之限这道高大的门槛，便失去了向上流动的可能，只能永远处在“等级池沼的沉淀层”。(经君健：《清代社会的贱民等级》页254，浙江人民出版社一九九三年八月第一版)

为了逾越鸿沟，个别富裕的蛋民不惜以重金贿赂同姓土著，冒充民籍。例如，清初闽地有一秀才叫金镜，因穷困潦倒而与卖渔人通谱，时人为之语曰：“月照池塘，渔人错认金镜。”极尽刻薄挖苦之能事。当时，闽中文风蔚盛，“福建秀才”遂与荔枝、龙眼、橄榄一起，竟至成了闽地特产而蜚声远近。(赵吉士：《寄园寄所寄》引《袖中锦》)倘若换个角度视之，则对于读书人来说，科举竞争亦更显残酷。从前人们渴想“十年寒窗无人问，一举成名天下知”，而现在的境遇却是“一举成名天下知，十年寒窗无人问”——科举上的成功尤其是那些仅获初级功名者，仍然难以祛除穷措大的酸窘。这才让一心想冒入仕籍的卖渔人有可能将错就错，视倒映于池水间的一轮满月为梳妆打扮之“金镜”（铜镜），藉以改头换面报捐应试。

当然，这毕竟是极为个别的例子。大多数的蛋民因受到诸多的限制和压迫，却只能是自成族类、别为风俗。不平等的高下阶梯，使得他们无缘与岸上居民通婚，只能自相配偶。妇女出嫁时，用两船相接，上铺毡席，由父兄背负而过，不许见水。兄死而弟未娶，嫂问弟愿留己否。倘两情相悦，则兄终弟及；不留或无弟，均即归其娘家。丧葬虽然也是土葬（福州上渡、下渡有“舸黎山”，据说即蛋民葬地），但与岸上居民却略有不同。对此，晚明时人谢肇淛曾指出：闽中丧俗，死者七日则备一祭，谓之“过七”，至四十九日而止，其间或有延僧作道场功德者。(《五杂组》卷十四《事部二》)“过七”也叫“做七”，惯例是棺木放在家中要过七重漆,每漆一次耗时七天,“漆”与“七”在方言中谐音,“过七”系一语双关。出殡时要将红朱漆就的棺柩装在彩结棺罩下，或八人抬，或十二人抬，吹吹打打，招摇过市。根据民间传说，之所以如此，是因为人之初生，凡经七日而一魄成，故七七四十九日而七魄方具；人之终死，一忌而一魂散，故七七四十九日而七魂方泯。也就是说，正常人死亡，必须经过七七四十九天,魂魄方能完全散尽。只有做了道场功德，才能使死者无罪升天；否则，未曾散尽的阴魂就可能为祟人间。

蛋民因经济拮据，一叶之篷不蔽其身，百结之衣难掩其体，陡遇丧事，焉得延请僧道？所以往往一死即葬，阴魂自然也就难以散尽。当时福州俗有“无鬼不成灾”的说法，故而在瘟疫频仍的近数百年间，岸上居民便视蛋民为“曲蹄瘟”（年老的则称“老遭瘟”），一些方言小说（如《闽都别记》）或评话、伬唱等，更是将水上居民塑造成勾人魂魄的恶鬼，从而重描了涂抹于蛋民身上的歧视色彩。

除了婚丧礼俗外，水居人家的年节习俗也与岸上居民略有差别。相传灶神掌一家之善恶，年必更代，期满朝天言事。水、陆民间祭灶皆用“红嘴绿鹦哥”（叶绿根红的菠棱菜）和“金砖玉兰片”（即方形的炸豆腐，俗称红豆官），但福州有“官三民四曲蹄五”之谚，也就是缙绅之家或一般编氓祭灶分别在二十三、四日，而蛋户只能在最后一天祭灶。看来，即使是与天堂疏通关系，陆上居民也仍是捷足先登。

只有一件事是岸上居民所不及的，那就是蛋歌。从前闽江三县洲一带每年中秋夜都有“盘诗”的习俗，亦即互唱歌谣相赛，以多寡决胜负。有一首福州蛋歌这样唱道：“柴做扁担铁做梁，送妹担水两头摇。……一心想食妹嘴水，警畏小妹恶挺肩。”相对于岸上居民来说，水上人家生活朴野，较少礼教的束缚，故更能直抒胸臆，表达心中的爱慕。这种直抒胸臆的蛋歌，在烟波浩渺的南方水面上流传甚广。广东的“咸水调”（也名咸水叹、后船歌），亦即蛋歌的一种。《羊城竹枝词》曰：

渔家灯上唱渔歌，一带沙矶绕内河，

阿妹近兴咸水调，声声押尾有兄哥。

这种口口声声哥哥妹妹的真率陈述，具有悠扬顿挫、回还吞吐的风格。不过，由于表达上过于直率，“所以必至的流弊，往往就是鄙野与猥亵”。（钟敬文:《中国蛋民文学一脔——咸水歌》）也正是这种“鄙野与猥亵”，在“繁荣娼盛”、狎邪之风盛行的晚明社会，无疑便具有了相当大的“旅游开发”价值。据清人赵翼目击，乾隆年间，广东珠江绣帏画舫不下七八千艘，皆以脂粉为生计,虽以“蛋船”为名,但从业者却“实非真蛋”。(《檐曝杂记》卷四）同样的，在福州“女闾三百竟多假托其名”。花烟间俗呼“白面厝”，亦叫“曲蹄婆厝”。清人施鸿保《闽杂记》曰：

……南台有一种船，其篷以板为之，前后有门，左右有窗，中有床榻几案，妙妓三五，随以应客，第往返于洪塘、水口间，名曰躺船，凡迎送官吏及富商大贾皆雇之。红灯绿酒，脆竹清丝，选梦征歌，销魂荡魄，不啻粤之绿篷、浙之红亭也。

在闽赣铁路未曾修建之前，自福州洪山塘上至水口驿是溯闽江而上、外出福建的传统交通要道（时称“福建官路”)。因沿线山蹊未辟，往来皆水路。而闽江自上游而来，沿途滩多湫众，至水口则出险就平，无惊湍骇浪之患，故而这一段水路正是寻欢作乐的好地段。蛋民往来于鸥波烟水间，恃渡客运货营谋生活。“科题婆，掏（拿）竹篙，没钱赠（赚)，包企哥（勾搭嫖客、相好)”。(《中国歌谣集成 · 福建卷 · 福州市仓山区分卷》)这首迄今流传于福州西南郊的民歌，明白无误地告诉我们——一些饥寒交迫的蛋妇难免亦兼操贱业，她们因面目黧黑而被称为“乌面”，与陆上勾眉敷粉、抚管调弦的“白面’相对。在这种形势下，关于福州蛋民的来历，又添加了一个新的说法：

> 初，(闽)王璘与伪后陈金凤、侍人李春燕，三月上巳修禊于桑溪，五月端午斗彩于西湖，皆以大姓良家女为宫婢，进迭奏之音，歌乐游之曲。及闽亡，宫婢年少者沦落为妓，世遂名之曰“曲喜婆”。(后音误为“舸底”，又曰“诃黎”。盖“曲”字闽音读如“舸”、“诃”二音，“喜”字读如“底”、“黎”二音。)蹁履窄袖，犹唐宫人遗妆也。(张际亮:《南浦秋波录》卷一)

闽王璘故事，于史有征。《资治通鉴》卷二七五后唐明宗天成三年(九二八年):“闽主作紫微宫，饰以水晶，土木之盛，倍于宝皇宫。”清人郭柏苍更确切地指称:水晶宫位于福州北街。晚清时期北街有石沟二道(俗呼龙湫沟)，尚可通行舟楫。父老相传，十国时，闽王与宫人由沟中潜达西湖，行人每闻地下弦索声。语似不经，但数年前在福州确实发现了闽王御用的“夹道”，据考证，那便是从王宫通往御花园——西湖水晶宫的河道。不过，所谓“乐游之曲”，却不得其详。只是在民国年间编纂的《福建歌谣甲集》中，保存有这样的一首歌谣:“西湖南湖斗龙舟，青蒲紫蓼满中洲。波渺渺，水悠悠，长奉君王万岁游。”据说就是当时留下的。

尽管蛋妇源于闽王宫事颇可置疑，但西湖南湖斗彩舟之类的歌谣，无疑为篷窗绮梦蒙上了一层眩目的光环。蛋民的连家船往往是在近岸处迎送江潮，斜睇落日，这原本是出于无奈，但在有闲阶层的眼里，却无疑有着一种浮居泽国的诗意。于是，冶叶倡条踵起趋合，亦以竹木架屋类舟居，用竹索或缆绳系在岸上，飘浮于水面，随着潮涨潮落而浮动起伏。置身于诸伎水阁，但觉门临江水，窗对远山，江色山光，尽在帘栊几席之间。丝竹之声，与风潮相上下。“陆上玩得不够，就可以游水里，西上洪山桥，是去竹崎关、水口的要道，东下尚书庙，又是登鼓山的捷径。”（郁达夫：《闽游滴沥之六》，一九三六年六月）珠帘风月，声伎繁盛，几可与秦淮水榭相埒。

由于大批曲中诸姬云集闽江下游，为朴野质直的蛋歌平添了许多色彩。例如，有一首《恋歌》这样唱道：

日落西山是夜昏，点起孤灯照孤房。
日来想兄勿得暗，冥来想兄到天光。
东风吹来直溜溜，三顿勿食头勿修。
百样功课我勿做，神魂随兄去漂流。

此类蛋歌，显然经过了文人的雕饰。明代中叶以还，特别是五口通商之后，随着闽北山区的开发，福州南台成了茶叶、木材的集散地，商业繁荣，水上人口也急剧膨胀。南台的洲边、湾里一带，墙花路柳，粉阵迷魂，招惹无数浪蝶狂蜂纷纭杂沓——

三更水面小船过，知是排里舸里婆。
绝好满江风定后，扣舷齐唱《到春来》。

林枢《南台竹枝词》自注曰："台江妓女水居多住木排，夜深辄泛小舟扣舷，唱《到春来》曲，土人呼为舸里婆。""舸里婆"多为陆上娼妓冒籍或寄居船上者。《到春来》系小唱，李斗《扬州画舫录》说它是一种"哀泣之声"，乾隆中叶曾风靡于扬州。当时，一些扬州人挟艺至福州谋生。故而流行小调如《银纽丝》、《打斋》、《纱窗外》、《小小鱼儿》、《花鼓》、《看相》、《弥陀寺》之类，也纷纷传入福州，与蛋歌相互交融，形成了旋律流畅的"飏歌"。飏歌非常适宜于盘答（对唱）和描景抒情，这与以"盘诗"互答见长的蛋歌颇相类似，后来遂成为闽剧声腔之一类。正因为如此，《南浦秋波录》谓优童曰戏旦，称彼类之子为"舸底囝"。而蛋民出身既微，又与娼优为伍，自然更是永世不得翻身了。

好在福州有一句类似谶语的俗话称："曲蹄能做官，中原变北番。"意思是蛋民想步入宦途，除非泱泱中华沦为异族统治。或许是巧合吧，出身满族的清朝第三任皇帝雍正终于下诏开豁贱民，在法律上承认他们与凡人具有平等的地位。然而，数百年的习俗相沿却远非一纸豁除即可遽返积重：蛋民的三代子孙还是得不到和凡人相同的应试、出仕的权利；绅衿地棍对他们也仍可任意欺凌，而彼等则呼吁无门，只能跼蹐舟中，畏威隐忍。在根深蒂固的民俗传承面前，神秘的谶语也失去了应验的魔力！

迨至清朝末叶，另一批"番人"在南台菖蒲墩设立天主教堂，当地一些蛋户皆加入为教友，藉作护符，冀免无赖之徒之逞雄欺压。原先，闽谚有“风大才识得妈祖婆”之说，福州蛋户以操舟为业，故多在船上奉祀“妈祖婆”（天后、圣母）。据传，每当飓风倏作，唯有此神能制止暴风，压平大浪。自改奉天主教之后，圣母玛利亚图像便顺理成章地取代了天妃林默。然而，无论是中国的天妃还是西方的圣母，都无法让他们摆脱受欺凌的苦难。流传至今的不少民间歌谣中，都留有福州“野仔”（流氓）欺凌蛋民的情节。光、宣之际，一些有识之士呈递状帖于福建省谘议局，请准蛋户与良民平等，谘议局以“不平等乃习惯之相沿、非法律所规定”予以否决。确实，尽管从习惯上蛋户历来是被当作“贱民”来看待，但在《大清律例》中却从来就找不出直接的根据。当时，政府财政捉襟见肘，开捐聊以点金，一二富裕的蛋民遂跃跃欲试。但社会上随即流传出一首歌谣，横加冷嘲热讽：

> 摇船摇船啦，曲蹄做老爹（老爹即老爷）。
> 少爷担粪桶，小姐去踏车（水车）。
> 厅中仫客喊恭喜，房中奶奶脱跣胶（光着脚丫）。

这首民谣头一句亦作“乡下厝，竹篱笆，未见乡下做老爹”，大意是说乡下人一旦为官，家中子女尚忙于耕务，即他的女人也是跣足的。来客登堂贺喜，因招待乏人，不知所措，可谓“骤贵不离原气象”。其中所言担粪、踏车、厅中、房里，皆系乡间农人的生活，与蛋民的水居生活多有不符。可能的情形有二：一是不同版本的主题置换，即此谣最早是嘲乡人暴贵而作，后张冠李戴移植于蛋民身上；二是厚赀捐纳的暴贵者多已是陆居之蛋民。迄至清季，移栖陆上的蛋民已大为增加，闽江两岸有不少地方因蛋民之陆居而形成为固定的聚落（如地势低洼的帮洲、义洲、鸭牳洲等地）。不过，他们虽然陆居已久，且自讳从水上迁来，但狃于旧俗，仍然与尚在水面浮荡的其他蛋民一起，构成了城市中的边缘群落，其境遇犹如旧时寓居于上海棚户区的“江北人”……

一九九一年底，福州市帮洲最后一批一百零八户船民迁居岸上，从而结束了水上居民世代在闽江漂泊的历史。是时，距雍正皇帝之一念恻悯，已逾二百六十二年。

作于一九九五年仲夏

后 记

《斜晖脉脉水悠悠》一书，曾于1996年被收入“书趣文丛”第四辑，由辽宁教育出版社出版。书中所收的十六篇文章，主要聚焦于传统中国的地域文化，这些学术随笔，皆作于1993—1995年间，大多发表于《读书》月刊。

该书出版后，其中有十二篇小文，先后被国内各种学术散文选本所收录。如《咖啡还是茶》一文，为巴金先生主编的《上海五十年文学创作丛书》散文卷二（上海文艺出版社，1999年版）所收录；《学究慨世》和《斜阳残照徽州梦》二文，先后收入蓝克林所编《当代人文学者散文：另一种散文》（上海教育出版社，1998年版）和何宝民主编的《世界华人学者散文大系》第10卷（大象出版社，2003年版）；《老房子》一文，收入田维谦主编的《名家笔下的黄山与徽州》（安徽人民出版社，2002年版），并被收入江苏教育出版社出版的高中语文选修教材《现代散文选读》。此外，姜德明主编的《七月寒雪》随笔卷下、段吉福编选的“中国现代学术文化随笔”系列、蔡栋主编的《南人与北人》等，亦分别收录了拙著中的多篇随笔。

1996年3月，编辑“脉望”在“书趣文丛”第四辑“小引”中指出：“这一辑所欲呈现者，是近年热潮中涌现的中青年学人的读书心得之若干部分”。回想当年，我是这一整套丛书中年纪最轻的一位作者，撰写这些随笔时，自己还是刚刚留校的青年教师。光阴荏苒，转眼之间二十多年过去了，我也早已过了知天命之年……回头再读当年的这些文章，有的文字虽显青涩，但却反映了年轻时期的心境以及那个年代的所思所想。有鉴于此，再版时除改正个别明显笔误之外，基本上未做任何修改。

庚子深秋于上海新江湾